안다라를 찾아서

만다라를 찾아서

2023년 10월 30일 인쇄
2023년 11월 15일 발행

지은이 고미선

펴낸이 손정순

펴낸곳 열림문화
　　　　주소 제주특별자치도 제주시 청귤로 15
　　　　전화 (064)755-4856
　　　　팩스 (064)755-4855
　　　　이메일 sunjin8075@hanmail.net
　　　　인쇄 선진인쇄

ISBN 979-11-92003-38-2 (03800)
값 15,000원

※ 이 책은 국가문화예술진흥회, 제주문화예술재단, 제주특별자치도의
　　창작 지원금을 받아 제작하였습니다.

만다라를 찾아서

고 미 선

두 번째 수필집

만다라를 찾아서

어떻게 살았는지
지나가 버린 여남은 해가 꿈 만 같습니다.
예기치 못했던 진단은 행운을 불러와
모든 일은 마음먹기에 달랐습니다.

　사라져 버릴듯했던 글을 모아 첫 수필집『빛의 만다라』가
세상 밖으로 나온 지 몇 년이 되었습니다.
　제2의 인생을 야무지게 살아보겠다고 봉사와 성지순례에
시간을 아끼지 않았습니다. 체험을 바탕으로 글 밭에 부지
런히 잡초 뽑으니 100편이 되어 두 번째 수필집『만다라를
찾아서』내놓게 되었습니다.

만다라 그림이 무엇인지 궁금했던 여래사 걸개에서 빛이 보였고 살아갈 희망이 미로 속에 있었습니다. 만다라를 찾기 위하여 성지순례에 나섰습니다. 먼 곳인 스리랑카부터 티베트 그리고 인도에 이르며 삶과 죽음의 의미를 알았습니다.

　제주의 자연을 노래하며 가족과 이웃을 사랑하고 여행작가 잡지에 연재했던 글 중 일부를 실었습니다. 제주에 살고 있어도 제주역사와 문화는 끝이 없습니다. 숨겨진 내용을 찾아 오늘도 나섭니다.

　아들의 권유로 등단하였기에 고맙게 생각합니다. 뒤에서 힘이 되어 준 남편과 가족, 작가 할머니라 부르는 손자 손녀에게 부끄럽지 않도록 글 쓰겠습니다. 문학회 회원과 제주대학교 평생교육원에서 지도해 주신 교수님께 고마운 인사 드립니다. 두 어머님의 영전에 책을 올리렵니다.

　2023년『만다라를 찾아서』심의해 준 제주문화예술재단과 표지화와 내지 그림을 제공해 주신 강명순 화백님께도 감사의 말씀 전합니다.

2023. 10. 30 예린재에서

고 미 선

/Chapter_ 1

눌

/Chapter_ 2

내알로 내알로

/ Chapter_ 3

간다라를 찾아서

Chapter_ 4

나비의꿈

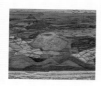

/Chapter_ 5
울림

Chapter_ 1

눌

한라산과 초가

화가의 침묵

물로 돌아간 삶 속에서도
물방울은 화가의 침묵이 되어 계속 이어지고 있다.

저지리 김창열 미술관에 갔다. 제3회 제주 비엔날레 행사가 열리고 있어서 참관하였다. 몇 년 전 개관할 때 참석한 후 오랜만이다. 미술관 입구의 모습은 영화 스튜디오가 지어져 있어 색다르다. 2021년, 김창열 화백은 영화감독이자 같은 길을 걷고 있는 차남 김오안 감독이 있어 편안히 눈 감았으리라.

화백은 기억을 지우기 위해서 물방울을 그린다고 말했다. 중학교 친구들 중 반 이상이 한국전쟁에 목숨을 잃은 충격으로 침묵은 시작되었다. 맹산에서 공산주의에 반대하는 격문을 썼다가 붙잡혔다. 처형당할 위기에서 적에게 들키지 않으려 밤에는 걷고 낮에는 숨어 지내며 탈출했다. 그는 한국전쟁 중, 피난민 대열에

끼어 홀로 내려왔다. 미아리고개를 넘으며 거리에 나뒹구는 죽음을 보았다.

그는 고향의 물 좋은 강가에서 수영하고 할아버지로부터 유교식 천자문을 배웠던 일이 평생 화선지 바닥에 밑그림으로 깔린다. 천자문은 하늘이고 물방울은 땅을 나타내었을까. 오십여 년 동안 꽃을 그리거나 나체를 그려본 일없이 일념으로 나가기도 어렵다. 남에게 들키고 싶지 않아 부모의 산소에서 종일 울었던 슬픔이 추상적인 물방울로 변했다.

나는 칠팔 년 전에 LA에서 전달문 선생님을 만난 일이 있다. 그는 한국에서 찾아가는 문인을 만나면 물방울 그림이 식당 벽면 가득 채워진 곳으로 안내했다. 동족상잔의 비극에서 같은 피난민이었고 초기 작품활동 할 때 옆에서 많이 격려해 준 일이 생각났나 보다.

"고 선생, 물방울 화가 들어 보셨나요? 그는 뉴욕에서 정착하지 못하고 LA로 왔죠. 말이 없고 초창기에 그렸던 신문지 물방울 그림을 모르오?"

제1전시실에 들어섰다. 색이 바랜 신문지 그림 넉 점이 이웃하였다. 촉촉이 젖은 듯하여 내 손은 그림 앞으로 다가가며 닦아주려 하였다. 말로만 들었던 신문지 그림이다. 신문은 매일 읽어야 하는 실지 삶이었고 닦으려 했던 물방울은 환영幻影이었다.

그는 노자의 도덕경 중에서도 무위無爲를 심오하게 새겼다. 자연이 하나 됨도 수증기가 구름이 되고 모여지면 이슬비나 소나기가 된다. 때에 따라 많은 양의 비는 땅으로 스며들어 식수가 되고 일상이 하나가 되었다. 김창열 화백이야말로 오로지 물방울로 대화하고 사라짐을 직감했던 대가다.

시선이라는 주제 아래 〈순진한 물방울〉, 〈유교적 물방울〉, 〈극사실주의 물방울〉, 〈침입하는 물방울〉이 걸려있다. 영롱한 물방울이었다가 수천수만 개의 자유자재한 물방울은 우리 삶이었다. 물 없이는 살 수 없고 방울 하나하나는 집처럼 마을을 이루고 있다. 〈떨리는 물방울〉 앞에서는 한 방울의 눈물이 살아 움직인다. 숫자 '8'은 가느다란 실처럼 연속으로 구불거린다. 낙하하려는 장면을 있는 힘 다해 화폭에 담았다. 머리카락 같은 떨림이 그려 있다. 형태를 잃어갈 듯 늘어지는 물방울은 그림자까지 붙들고 있다.

작은 물방울은 베이지색 전지 가운데 한 줄로 섰다. 마치 참새가 전깃줄에 매달려 있듯 언젠가는 날아가고 사라질 것이다. 화백은 지수화풍에 의해 생겨나고 없어짐도 물방울만 그리며 명상한다. 침묵에 빠지며 달마를 좋아했다. 달마대사는 전쟁에서 사람을 죽인 혜가를 제자로 받아주지 않은 일화로 유명하다. 혜가는 달마에게 간청의 뜻으로 자기 손목을 자른 일이야말로 내 안의 나를 버린 것이다. 화백은 벽을 마주하여 앉아 골똘히 생각하는데 완고한 침묵은 누구를 기다리고 있을까.

김오안 감독은 아버지를 이해하기 위해 물방울 너머의 세계를 영화 폭에 담았다. 아버지 또한, 불어로 손자와 가위 바위 보를 하고 수영장에서 배영을 즐기는 것으로 영화는 끝을 맺는다. 물방울이 모여 강물이 되었고 풍차 돌리듯 팔을 돌리며 유유히 떠 있어 어린 시절로 되돌아갔다. 전달하려는 아버지의 인생과 예술을 자신만의 시점으로 드러냈다.

엎어놓은 그림 하나에서 물 자국을 발견하고 그 뒷면의 물방울에 심취하여 침묵으로 그려온 인생이었다. 물로 돌아간 삶 속에서도 물방울은 화가의 침묵이 되어 계속 이어지고 있다. 화가는 이생의 끈을 놓자 화장한 후 수목장으로 하였다.

갤러리 4층으로 올라가면 김창열 흉상이 있다. 배롱나무 밑에 조그마한 오석은 유해가 묻힌 표지석이 되어 침묵하고 있다. 떠가던 구름이 조용히 내려앉았다. 🔘

〈2023. 2. 제주일보 금요에세이 게재〉

특별전에서

—

사라지는 가문 잔치 특별전에서
손자와 손녀도 오늘 바라본 광경을 추억으로 남아 있기를
바랄 뿐이다.

    올해 추석은 코로나19 거리두기에서 어쩔 수 없었다. 제주의 명절은 대가족문화의 제례를 많이 따라왔다. 생각지 못했던 바이러스와의 전쟁은 제례 문화까지 바꿔놓은 결과였다. 우리 집만 해도 그렇다. 유교 문화 의식이 밑바탕이 된 가풍에서 단일 가족의 제사상 차림으로 변하였다.

    오랜만에 육지에서 내려온 손자와 손녀는 송편을 빚고 상차림 음식도 같이 만들었다. 예전에 비하면 양과 가짓수를 대폭 줄였더니 시간조차 절약되었다. 내려오는 가풍은 명절이 되면 본가에서 음식 장만하고 가지별 친척 집에서 윗대 조상 차례를 지낸다. 아이들은 바삐 왔다가 후닥닥 정리하고 올라가게 되어 뭔가

허전하였다.

한두 시간의 여유가 생기자 집에서 가까운 제주 자연사 박물관에 가기로 했다. 박물관에는 본관 일부가 공사 중이었다. 마침 수눌음관에서 특별전을 열고 있어 다행이었다. 제주의 결혼문화를 몇십 년 된 사진 설명과 제례에 대한 상차림도 실물처럼 자리했다. 사진은 신랑 집에서 신부 집까지 잔치가 치러지는 가족사진이 실물로 나타났다. 관혼상제가 다가오면 일주일은 준비해야 했던 일이 내가 겪어온 제주 일상이었다. 기록사진전은 앞으로 사라질 문화였다. 지금은 결혼식 당일에 예식과 피로연까지 한 곳에서 이루어진다. 막내 손자가 갑자기

"할머니, 저 빨간 상자 안에 뭐가 들었나요?"

남자의 사진은 홍세 함을 들고 걸어가는 잠시 잊었던 모습이었다. 신랑 집에서 신부 집을 향해 나갈 때 우시까지 한 팀이다. 빨간 보자기로 사각 상자를 감싸 안아 꼭지에는 매듭조차 전래방식대로 꼼꼼히 엮었다. 그 안에는 무엇이 들었을까. 육지부에서는 값비싼 물건을 넣는다는 소리도 있다. 제주에서는 시렁목한 통과 막 편지를 넣었다. 제주의 문화는 허례허식은 피하고 제례에 우선 했다. 신랑 집에서 문전 祭를 지낸 후에 신부 집으로 출발했다. 모든 祭는 문전 재를 지내고 나서 다음 단계로 진행된 일은 제주 신화와 전설 속에 문전 본풀이로부터 기인했다. 무

속신앙과 신화와 전설은 각기 떨어져 있지 않고 하나가 된 사실주의에서 나왔다는 H 작가의 강의도 들었다.

신랑과 우시 팀은 홍세 함을 들고 신부 집으로 가면 정해진 시간에 신랑상을 받은 후, 사돈 열명을 했다. 양가 친척 중에서 가까운 순서 십여 명이 큰상 두세 개를 마주했다. 상견례를 해야 결혼식장으로 출발했다. 특별전시관 가운데에 어디서 구했는지 오래된 물건이 놓였다.

"할머니 이 가마는 누가 탔어요? 가마 구석에 있는 물건은 요강인가요."

손녀는 장식된 신부전용 꽃가마가 궁금했나 보다. 전통 혼례에 사용하여 가마꾼 네 사람이 들었던 물건이다. 지금은 신랑 신부가 타는 자동차도 점점 호화스럽게 변화하고 있다. 그날 하루만을 위한 이동 수단인데 억대에 달하는 고가의 차량 장식 또한 요란한 시대가 되었다.

잔치를 치르기 위해 돼지를 잡고 추렴했던 일은 옛일이 되었다. 혼례의 변화양상은 역사의 뒤안길로 사라지고 있다. 잔치 집에는 요리사와 도감이 앉아 그날 손님맞이를 책임졌다. 도감은 돼지고기를 부지런히 썰어놓고 옆에 앉은 동네 여인은 접시에 고기 석 점에 순대 하나 두부 한 점을 넣으면 일인용 반이 되었다. 골고루 나누어주는 고깃반이다. 잔칫날만은 가난한 사람도 이웃이 되어 고깃반 한 반은 먹었다. 동네잔치는 가문 잔치였고 수 눌음으로 거친 일을 도왔다. 결혼 당일보다 전날 가문 잔치에 축하객이 참여했다. 음식을 대접하고 축의금을 전달했던 일이 눈에 그려진다. 사라지는 가문 잔치 특별전에서 손자와 손녀도 오늘 바라본 광경을 추억으로 남아 있기를 바랄 뿐이다.

〈2022.9.12. 뉴제주일보 해연풍 게재〉

한라봉젤리

힘들 때 서로 힘이 되는 것은
나 혼자가 아니라 내 이웃이 나와 함께 있다는
열린 마음이다.

백여 일이 지나도록 떠들썩하다. 사회적 거리 두기에서 인명 피해 숫자 발표에 사람들은 불안함으로 전전긍긍하고 있다. 난데없는 바이러스 공포에서 난국을 극복할 방법은 진정 없을까.

이른 아침, 미국에서 전화가 왔다. LA 수필 K 회장은 원로작가로 우도 남훈 문학관 기증자와 이민 후 맺어진 인연이다. 기증자와는 몇 십 년을 동고동락하였기에 제주를 제2의 고향으로 여기고 있다. 미국 이민자를 대상으로 잃어가는 모국어를 살리고 국내 문학 발전을 위하여 지대한 공로자이다.

K 회장은 지난가을 우도 출판 행사에 참석한 후 LA로 갔다. 갑작스러운 코로나19 사태로 LA에서는 자택 대피령인 세이프 엣

홈safer at home이 시행되어 마트 출입도 못 한다는 내용이다. 미국에서 급속히 확산한 이유는 마스크 착용하지 않는 습성 때문이다. 마스크를 착용하면 범죄인으로 인식할 정도의 문화여서 약국에서도 살 수 없다. 성급히 트럼프 대통령이 자택 대피령을 내린 이유이다. 자택 대피령은 외출했다가 적발되면 바로 큰 금액의 벌금을 내기에 지켜야만 한다.

K 회장의 미국 집은 자녀가 떠난 빈 둥지에 북적거리던 문우의 발길마저 강제로 차단당한 셈이다. 갑작스러운 미국 정부의 대피령 발표에 기약할 수 없는 슬픔에 젖었다. 전화로 안부와 함께 살아 있음을 알려주었다. 생수마저 떨어지는 절박함에 제주에서 샀던 한라봉 젤리를 먹고 싶다고 말했다. 상표 사진을 찍어 보내며 약간만 보내라 하였다. 우체국과 백화점, 마트와 약국도 나갈 수 없는 상태이니 간절하였다.

제주특산 한라봉 젤리 스무 봉지와 극세사 마스크를 포장했다. 상품 금액보다 택배비가 십만 원을 훨씬 웃돌았다. 기약 없는 배편보다 사태의 시급함에 EMS 등기 우편물을 택했다. 출입국 자제로 항공기도 결항하는 판에 일찍 도착하기만을 바랐다. 우체국 담당자는 하얀색 항균 마스크가 택배 내용물에 있으면 통관 위반으로 반송된다고 점검하며 또 확인하였다.

보름이 지났다. K 회장은 울먹이는 톤의 전화였다. 택배를 받고 한라봉 젤리를 먹었더니 살 것 같아 눈물 난다는 내용이다. 받자마자 한 봉지를 난데없이 다 뜯어졌고 갑갑한 스트레스에서 벗어나 살 것 같다 하였다. 갇혀 사는 고통이 이런 것이냐며 호탕하게 웃는다. 정情 때문에 속이 후련하고 아픈 것도 낫겠다며 고마움을 전했다.

K 회장은 집안에서 다람쥐 쳇바퀴 돌 듯 하루를 어떻게 보내야 할지 답답한 심정으로 침통한 기분에 젖었다는 말이 이해 갔다. 사회활동이 줄어드니 자연히 만나는 사람도 적어져 조용한 사색에 잠길 마음의 여유를 얻게 되었다는 말 잊지 않았다.

힘들 때 서로 힘이 되는 것은 나 혼자가 아니라 내 이웃이 나와 함께 있다는 열린 마음이다. 우리에게 필요한 것은 감동하는 가슴이다. 서로에게 감동을 주고받는 순간 나도 모르게 에너지가 축적된다. 거리 두기를 지키며 조금만 더 힘을 내었으면 한다.

〈2020.5.16. 뉴제주일보 해연풍 게재〉

음악과 인생

뱃머리에 앉은 앉은뱅이라도 좋으니
같이 강을 건널 수만 있다면
하루하루가 행복했으리라.

    무대 위에는 피아노만 자리하였다. 사회자의 안내에 따라 연주자 한 사람이 무대 위로 오른다. 가슴 파이고 양팔을 드러낸 청색 드레스를 입었다. 멋진 연주를 구성하려는 마음이 역력하다. 노장의 아마추어 연주자는 피아노 앞에 앉으려 한다.

    허벅지 위에 손을 살포시 얹으며 잠시 묵상에 들고 있다. 살며시 건반 위에 올린 손이 파르르 떨린다. 쇼팽의 〈녹턴〉이 흐른다. 초보 수준처럼 천천히 건반을 두드린다. 암기는 되었으니 당연히 피아노 위에 악보가 올려 있지 않았다. 단지 클래식피아노로 연습하다가 G 호텔 행사장의 전자피아노를 두드리니 어색한지 떨고 있다. 땀 흘리는 모습에 박수를 보냈다. 환경이 바뀌니 연습량이 많았어도 떨릴 만하다.

연이어 두 번째 곡은 베토벤의 〈엘리제를 위하여〉를 준비하였다. 옥구슬이 굴러가듯 빠른 손놀림으로 실력자처럼 건반 위를 통통 튀며 고속 질주했다. 진땀 흐르던 첫 연주를 만회하듯 프로에 가까운 안정감이 깃들었다.

그녀는 아픔을 악기로 대신하여 음악으로 치료받은 인생이다. 두 아들과 며느리는 눈을 지그시 감고 있다. 어머니 연주를 응원하기 위하여 먼 길을 마다하지 않고 외국에서 참석하였다. 그녀가 혹여 쓰러지지 않기를 바라는 마음 가득하다. 그녀의 아들은 아버지를 쏙 빼닮았다. 지난 십여 년의 가시밭길이었던 세월을 대변하듯 꼭 다문 입술이 무게감을 더해 주고 있다. 식사에 초대된 백여 명의 지인들은 참가비 없이 숨을 죽여 가며 보고 듣는 내내 눈물을 훔쳤다.

다음 순서는 그녀가 이 자리를 만들려고 오 년 동안 배웠다는 색소폰 연주이다. 의상을 갈아입고 무대 위로 올라왔다. 드레스를 벗고 바지 차림에 빨간 반짝이 조끼를 걸쳤다. 영락없는 아마추어 색소폰 연주자가 틀림없다. 계단에 올라설 때와 악보에 연결된 오디오 번호를 찾아낼 때는 아들의 도움을 받는 모습이 더 애잔하다.

반짝이 의상은 조명을 받자 배움에는 나이가 없음을 알려주며

활력으로 넘친다. 이선희 가수가 불렀던 〈J에게〉와 〈찔레꽃〉에 이은 〈아, 대한민국〉을 색소폰으로 연주하였다. 여든이 넘어가는 나이에도 하면 된다는 열정과 노력은 필수임을 가르쳐 주고 있다.

반짝이는 금관 악기에서 내뿜는 소리는 장내를 쩌렁거리면서도 연주자의 폐활량을 인정하게 하였다. 손가락으로 누르는 곳곳마다 청명하게 들린다. 어쩜 큰 수술 이후에 폐활량을 회복하기 위한 훈련치고는 혹독하였다. 연주자의 나머지 인생은 덤으로 얻었다고 여길 일이다.

그녀는 많은 말을 하지 않던 낙선된 선거 입후보자의 아내였다. 예전의 통통하던 살은 어디로 갔을까. 몇 년 전 신장이식과 신장투석으로 이어지며 유세장에서 말을 못 하고 마스크 썼던 모습도 떠오른다. 건강상의 이유로 마무리 인사조차 하지 못하여 미안하다며 초대한 의미를 묻어둔 자리였다. 몇 년이 지난 남편의 선거 패배 빚을 순수하게 아내가 보답하는 모습을 가슴에 담아둔다.

그 부부는 순간의 잘못된 선택으로 지금은 갈 길을 달리했지만, 가시고기 사랑처럼 느껴진다. 연주자는 일평생 마음에 짐을 안고 살아간 듯하다. 말 못 하는 괴로움을 가슴에 묻으려고 피아노를 원 없이 쳤을 것이고 색소폰까지 섭렵하였다. 건반을 두드리고 색소폰을 목에 매어 심취한 시간은 지구 몇 바퀴를 돌고도 남았다. 이제 음악으로 힐링이 되고 건강을 되찾아가자 빚 갚을 곳을 찾았다.

그녀가 사랑했기에 모든 것을 내려놓은 인생이 아름다웠다. 항간에 많은 소문을 뒤로하고 일방적인 희생은 힘겨웠으리라. 10kg 이상의 체중감소는 때에 따라서 휘청거림도 보인다. 오늘의 연주는 다른 연주자 동반 없이 혼자의 짐이라 여겨 꾸민 듯하다. 나이를 무시하고 기억력의 선을 넘어 치유라 생각했기에 이 자리에 섰다.

삶은 무엇인가. 귀 밝은 남편과 눈 밝은 아내가 한 몸이 된 뱃사공이었다면 얼마나 좋았을까. 뱃머리에 앉은 앉은뱅이라도 좋으니 같이 강을 건널 수만 있다면 하루하루가 행복했으리라. 하루가 저물어갈 때 눈 밝은 아내를 업어 잔물결을 뒤로하며 나룻배만 남기고 땅을 밟는 일이 인생이다. 연주자의 인생 속에 잠겨버린 사랑은 강을 건너지 못한 삶이 되었다.

초대된 사람은 연주자에게 아낌없는 박수를 보냈다. 둥근 얼굴에 일일이 인사하는 연주자는 천사였다. 이 세상 어디에서라도 강을 가로질러 사랑을 운반하고 있을 것 같다. 연주자는 팔순의 나이이다. 다시 볼 수 없는 훈훈한 자리여서인지 내 마음도 따뜻하다.

〈2020.1.1. 제주신보 금요 에세이 게재〉

좋아요

'좋아요.' 세 마디 결정에
더운 여름을 무사히 보낸다.

　여자는 미용실에 자주 간다. 머리를 자르고 변화를 주기 위한 파마도 있어서다. 오래전에 직장 다닐 때, 손톱 손질도 한 공간에서 이루어져 한 달에 서너 번은 들렀다. 머리 손질 비용을 줄기 위하여 어깨 아래 날개 뼈까지 머리를 길렀을 때는 끝부분 파마도 했었다. 하지만, 커트 머리는 손질도 쉽고 한 달에 한 번씩 자르게 되어 귀 언저리에 머리가 길어지면 찾는다.

　더운 여름, 동네 미용실을 찾았다. 십여 년 넘게 손질을 하는 단골집이다. 짧은 파마를 하는 사람도 있었고 땀 흘린다며 더 짧게 자르기를 원하는 손님도 있었다. 뒷머리가 손가락사이로 잡혀질 만하면 찾는다. 한 달에 한 번은 규칙적인 셈이다. 동네 사람은 이곳에서 커피도 한 잔 마시며 세상사 꽃 피운다. 앞 의자에 앉아 마무리 단계에 다다른 여인은 파마 후에 뒷모습이 궁금한 모양이다. 차례를 기다리는 사람이 칭찬 한마디씩 던져주는 순간이다. 원장은 사람의 두상에 따라 풍성하거나 바짝 붙여서 짧게 파마하는 기술이 뛰어나다. 드디어 내 차례가 되었다.

거울 앞 의자에 앉았다. 왜 이리 두상은 큰지 머리카락이 눈에 덮이자 더 몰골이다. 스텝은 목에 수건을 둘러주며 머리용 에프론을 추가했다. 볕에 그을고 땀 흘린 얼굴이 몰골이다. 평소에 피부 관리를 게을리한 흔적은 덥다는 핑계로 미용실에 오면 나에게 미안해진다. 기미가 군데군데 자리 잡고 앉아 깊은 주름조차 이마에 하나둘 계곡을 만들 태세이다. 원장님은

"언니, 오랜만에 젊은이처럼 짧게 잘라 변화를 줘 볼까요?"

나이가 열 살은 거꾸로 가는 느낌이다. 거절할 이유조차 없다.

"좋아요."

하얀 머리 반 검은 머리 반이던 머리카락은 어느새 앞부분에 흰 머리로 거의 덮어지려 한다. 할머니가 할머니 머리이지 별수 있겠나 싶다. 다시 한번 원장은

"머리 색에 변화 주면 어떨까요? 흰 머리에 전용으로 코팅이 되고 시원스러운 색상이에요."

망설였다. 수술 후에는 간에 지장 있다며 염색 머리를 거절한

채 십여 년이 가까워진다. 칠십도 넘어 보이는 외관상 첫 느낌에
속이 상하기는 어디 한두 번인가. 머리카락 색이 늙어 보이면 어
떤가. 건강만 하면 좋다는 일념으로 지내왔다. 원장은 슬슬 변
화를 주라고 내 마음에 저울질했다.

"좋아요."

삼십 초 생각하고 내린 결정이다. 스텝과 원장은 손 빠르게 요
리조리 머리카락에 약을 바르며 간 맞춘다. 단순히 시원한 색이
라는 소리에 성급히 결정했다. 바쁘게 살아가던 시절에 염색할
시간도 모자라면 밤에 집에서 스스로 한 일도 있다. 서울 출장
중에 수입 염색약을 사서 두 달에 한 번꼴로 몇 년간은 혼자 물
들였다. 내가 사용했던 짙은 갈색이라면 단숨에 거절했을 터이
다. 비닐 모자를 쓰고 그 위에 수건을 덮어 사십 분을 앉아 지냈
다. 따뜻한 커피를 핸드드립으로 내려주겠다는 상냥한 언어에
기분이 덩달아 좋아졌다. 원두커피 향이 미용실 안에 퍼졌다. 철
제 테이블은 카페 전용처럼 유리판으로 덮여 세련미를 더해주고
있었다.

소파에 앉았다. 커피 한 잔 마시며 세상사 이야기에 같이 섞인
다. 마침 눈높이의 티브이에서 트로트 가수의 노래가 방영되고
있다. 이즈음이면 동네 여인은 트로트 가수의 심사위원이 되고
눈물 섞인 비화까지 토해 놓는다. 몰랐던 사실에 동감하고 내가

아는 비화도 보따리를 풀어 제친다. 여인의 수다 판이다. 예전처럼 미용실에서 손 마사지를 해준다면 이 정도 투자쯤은 하고 싶은 욕망이 드는 시간이다. 이젠 분업화된 분야로 손 마사지와 손톱 정리 쪽은 다른 장소를 찾아야 한다.

토요일이면 일을 많이 했던 손에 호강시키는 유일한 시간이었는데 점점 아쉬워지는 시대적 변천이다. 크림을 바르고 손목 손등을 거쳐 손가락 마디마다 골골이 경락과 마사지를 통하여 주물렀다. 부었던 손등도 처지고 뜨거운 수건으로 감싸면 피곤이 싹 풀렸다. 머리에 씌워진 비닐 모자를 벗을 시간이다. 어떤 색으로 탈바꿈할까.

거울을 앞에 두고 파마 기구를 해체하였다. 굵게 고불거린 것 같다. 샴푸 실로 이동하라고 안내하였다. 자동 의자에 앉으면 윙 소리가 들리고 누운 자세로 샴푸대에 머리가 닿는다. 냉온수를 적당히 맞추어 기분 좋은 머리 마사지까지 겸비한 샴푸 서비스 제공이다. 미용실에 가면 머리 자른 후 이 샴푸 서비스의 손맛 때문에라도 단골집을 변경하지 않고 있다.

다시 거울 앞이다. 원장은 가위 하나 들고 옆머리 뒷머리를 수도 없이 균형을 맞추며 잘랐다. 깍두기 머리에 가까울 만치 귀 위쪽 머리가 들려졌다. 코팅했다는 색은 푸르스름하게 나왔다. 앞머리는 조금 길게 내리듯 눈이 덮이지 않게 잘랐다. 오랜만에 이

대 팔 가르마도 탔다. 외계인 머리처럼 푸른빛이 많이 돌아 조금은 쑥스럽다. 잘라낸 머리는 바닥에 수북이 쌓였다. 드라이어로 말리고 잔머리를 털어내자 지금까지 분위기와 정반대의 머리 모양이다. 모자를 쓰면 푸른 애교머리가 살짝 나왔다.

원장은

"좋네요."

소파에 앉아 차례를 기다리는 손님도 한마디 붙인다.

"좋네요. 보기 드물게 시원한 색상이네요. 멋져요."

밖은 뙤약볕이다. 양산을 펴고 집으로 걸어오는 순간에도 팔뚝은 따가워 검게 그을리겠다. 남편은 거실에서 에어컨을 켠 채 티브이와 눈 맞춤 중이다. 바깥 날씨가 너무 더운 표현을 하려다가

"땀이 너무 나서 변화를 주었어요. 나 어때요?"

"좋은게."

'좋아요.' 세 마디 결정에 더운 여름을 무사히 보냈다.

〈2022.10. 수필광장 23호 게재〉

막대인형

———
이제 새로운 도전의 꿈을 안고
한 발 앞으로 나아갈 것이다.
아이 마음이나 우리 마음이나 같은 마음이니까.

제주문화원에서 실버 인형극단을 창설하였다. 제주 신화를 바탕으로 오육 년 전에 창립하여 무보수 자원봉사로 십오 명이 활동하고 있다. 첫해는 막대 인형을 손수 만드느라 칠팔 개월을 소모하였다. 매주 화요일 오후, 네 시에 만나 인형과 옷을 만들었다. 바늘귀가 눈에 보이지 않는 나이를 실감하며 막내 단원에게 간청도 여러 번이다. 인형 손가락을 만들 때는 실장갑 손가락 안에 솜을 담기도 하였다. 몸통은 손동작을 실감 나게 하려면 막대와 세 개의 봉을 자유자재로 움직여야 했다.

인형극 단원들은 초보자로 구성되었다. 지도교사를 모시고 이십여 분의 공연 분량을 만들었다. 인형극 손놀림과 가림막 장치

네댓 장의 장면 변화 휘장이 완성되자 봉사에 나섰다. 대사를 외우며 역할에 맞는 목소리 변화도 자유자재로 조절했다.

유치원과 어린이집, 요양원과 경로당을 찾아갔다. 아이들은 손뼉 치고 환호하며 이야기 속으로 빠져들게 한다. 병설 유치원 아이들은 인형과 사진 찍고 만져 보면서 재미있어했다. 처음엔 요양원을 찾아가 많은 봉사를 하려고 시도했다. 그들은 생각이 끊겨 있어 반응이 없다. 그들을 바라보며 서글펐다. 요양원에서 어르신은 휠체어에 의지한 채 요양보호사의 도움을 받으며 큰 홀에 오도카니 자리하였다. 다가올 우리 모습으로 여기지만 무감각한 어르신이 가엾다. 경로당에서는 박수로 "그때엔 저랬주게." 소리를 서슴없이 들려주었다.

한 해에 한 작품씩 만들어 네 종류의 작품을 무대에 올렸다. 〈힘센 장수 오찰방〉 인형극도 제주 신화에 묻힐 뻔했던 소재를 코믹하게 하였다. 겨드랑이에 날개를 강조하며 힘센 장사로 울림을 주었다. 〈김녕사굴 이야기〉는 서린 목사가 뱀神을 추앙했던 지방 특유의 샤머니즘을 해체하여 뱀을 죽이는 이야기다. 해마다 처녀 1명씩 인신 공양했던 전설에 대적한 셈이다. 김녕사굴 천장에 용암이 흐르다 굳어져 뱀 비늘처럼 보이는 상태를 스토리텔링한 구절을 읽다 보면 그럴듯하다. 뱀 인형은 상반신의 특이한 모형을 만들자 들었던 팔이 아팠다. 〈김만덕〉에서는 만덕

공연장이 생기면서 첫 공연 하였다. 소녀 만덕과 어른 만덕으로 꾸며 '미역 삽서, 미역 삽서.'는 애기 목소리로 어릴 때부터 상인 기질 있음을 대본에 표현했다.

　교육은 뜻하지 않았던 코로나19 사태에는 휴강도 있었다. 육 년째에 접어 들어가자 지도교사는 M 선생님으로 교체되었다. 뿔 뿔이 흩어질 것 같은 분위기에서 대반전이 일어났다. 제주문화원 삼 층 강의실에서 복식호흡에 따른 발음 연습이 우렁차게 들린다. 무릎이 좋지 않아 뛰어가지 않아도 일 분 지각이 미안하다. 웅변학원을 방불케 할 정도로 기운찬 발성 연습이다. 발성 연습 역량 강화에서 음향효과 삽입까지 코믹하게 연출하였다.

　인형극봉사단원이 움직일 때는 시설물이 많아서인지 실감이 났다. 인형 자체도 크고 막대로 조절하기에 팔도 아프지만, 가림 막 위에서 인형 놀이가 시작되기에 눈코 뜰 새 없다. 사람은 숨어 있고 인형이 직접 말하는 착각에 빠지며 신화 일부분을 들려주고 있다. 다른 곳에서는 한두 사람이 손 주먹에 인형 옷을 입히고 교 차 대사를 하거나 일인극을 한다. 실버 인형극단원 팀에 공연요 청이 쇄도하는 차별화되는 이유다.

　멀리는 한경 저지 노인복지회관으로 공연 나섰다. 인형과 무대 장치는 각자의 역할에 맞게 조립하고 분해하여 가방을 만들었다. 단원들은 버스에 소품을 싣고 봉사 장소로 향했다. 노인회장은 지역특산물 옥수수 한 자루씩 선물로 십오 명에게 나누어 주어 마음이 따뜻했다. 여름 방학 직전의 공연이었으나 시원한 카페 커피까지 버스에 실려 보냈다.

전국 인형극 축제에 도전하였다. 2022년 11월에 전국 아마추어 인형극 축제가 부산 해운대구 문화복합센터에서 열렸다. 삼일에 걸쳐 이십여 팀이 경연을 펼쳤다. 다문화 가정에서 대학생 그리고 노인팀까지 다양했다. 줄 인형팀은 두 사람이 막 위에서 바라보며 손가락으로 다양하게 줄을 당기며 공연했다. 마치 동남아 여행 중 공연하는 인형극 일부를 보는 느낌이다. 어떤 팀은 커다란 인형 하나가 등장하여 그 속에 사람이 들어가니 뒤뚱거리는 행동을 하고 대사는 녹음을 틀어주었다. 행동과 대사가 따로 놀고 있었다.

제주팀은 〈명의 진국태〉를 막대 인형으로 각색하였다. 막이 바뀔 때마다 네댓 명의 단원은 시나리오 순서대로 역할에 맞게 가려진 막 뒤에서 들어가고 나왔다. 일흔이 넘는 단원이 허리를 구부린 채 들고나는 일은 쉽지 않았다.

어느 단원은 여우의 가는 목소리로 변성하고 하얀색 옷과 솜털 치장한 막대 인형은 단연코 인기였다. 임금은 음악에 맞춰 코믹댄스 하다가 근엄하게 엄명도 내렸다. 훈장은 교장 퇴임한 단원이 전직을 내려놓고 '하늘 천 따 지'를 목소리 탁 트이게 변성했다. 그는 타고난 연극인처럼 성대에 기교함이 있어 빼놓을 수 없는 분위기를 만들었다. 여든이 넘은 해설사는 북 치며 좌중을 한곳으로 끌어 고수 역할에 완벽했다. 결과는 컨텐츠 개발상을 받았다. 첫 출연에 상을 받았다. 전국 4위를 한 셈이다.

봉사하려고 시작한 일이다. 단원이 고령으로 2배수씩 충원하려고 추가 단원을 모집하였다. 응모한 시민 중에는 교통비를 주지 않는다고 다음 시간에 나타나지 않았다. 가림막 뒤에서 각자 외운 대사로 코믹하게 마무리하면 마당극 한판 돌린 기분이다. 인형극 단장이 "어떵 잘 보셨수과." 하면 인형 교체로 낮게 기어 다니던 단원 모두가 상체를 일으키며 같이 인사했다.

노인팀에서 들려줄 수 있는 신화와 전설 한 토막이다. 이제 새로운 도전의 꿈을 안고 한 발 앞으로 나아갈 것이다. 아이 마음이나 우리 마음이나 같은 마음이니까.

〈2022.11.28. 뉴제주일보 해연풍 게재〉

춤을 살다 *

내 삶은 어땠을까.
춤꾼 김희숙은 장인이 따로 없다.
연습하고 또 연습하면 그것이 갈고 닦는 일이다.
부끄러워지는 하루이다.

제주문예회관에 갔다. 특별한 공연 '춤을 살다'를 보기 위해서
이다. 춤꾼 김희숙은 한 곳을 향해 일평생을 살아왔다. 나의 부
탁으로 중문에서 치러진 2012년 문학회 전국세미나 식전 행사에
출연해주어 그 진가를 이미 혹평받았다. 어느덧 타고난 춤꾼인
그녀가 추는 춤도 환갑을 넘고 있다. 작은 거인 철의 여인이라 여
기는 이유는 어디에 있을까.

공연이 시작되자 그녀의 춤을 위한 창작 詩가 특수화면으로
폭포수 내리듯 비춰진다.

---

* 춤을 살다: 김희숙, 고미선 공저한 책 제목에서 인용하였음을 밝힌다.

(중략)…팔 들어 허공에 얹으면 노을이 내리고/ 손가락 저편 하늘가에 눈이 머물면/ 어김없이 바람이 일었다/ 걸음걸음 궁편이 울고 한 삼 끝에 채편이 울었다/ 울음 사위어 천지사방이 고요일 때 소리 없이/ 그는 울었다/ 구절초처럼 들 무꽃처럼 속으로 울었다//

이승의 연 다 하고/ 문 열어 길 나서면 그는 아마 나비일 것이다/ 열두 문 그 길을 너울너울 날아갈 것이다/ 춤인 듯 춤이 아닌 듯/ …(하략)

－ 김수열의 詩 춤 (김희숙) 일부

김수열의 시는 커튼콜처럼 무대 정면에 내리고 단아한 무용수가 아름다운 부채를 들고 미소 짓는다. 조홍동류의 '규방춤' 미인도를 추는 무용수이다. 세 명의 무용수는 부채에 그려진 예쁜 꽃처럼 서정적으로 꾸며져 뽐내고 있다. 가야금산조에 맞추어 춤을 추는데 규방춤은 처음 보았다.

김희숙의 제자인 남자 무용수가 진도 북춤을 춘다. 발끝이 사뿐사뿐 올라가고 북채 두 개를 이용하여 우렁차게 때리며 보여준다. 보통 북을 칠 때는 북채 한 개를 사용하지만, 진도 북춤은 특이하고 경쾌하다. 풍물의 흥겨움과 어울려 춤사위가 범상치 않다. 아마도 진도에서 유명한 인간문화재 '고故 박병천 북춤'을 사사했으리라.

　한량무 공연이다. G는 무형문화재로 한량무 예능 보유자이다. 선비 춤이라고 부를 만큼 옛 선비의 고고한 자태는 학이 구름 위로 비상하는 형상으로 여운을 남긴다. 외발로 선 채 왼발을 오른 무릎 위에 살짝 얹고 부채 두 개를 쳐드니 인간학鶴이 되었다. 잠시 무대 위에서 이리저리 쳐다보는 학처럼 외발로 또 멈추었다. 무게중심이 제대로 잡히지 않고선 할 수 없는 춤이다. 무용수는 혼연일체가 되어 몸 선조차 저리도 매끄러울 수 있을까. 특별 출연한 G는 그녀와 오래전 제주도립예술단 창단 시절에 호흡한 인연으로 무대에 섰다.

　김희숙 춤꾼은 흰색 모시 적삼이나 하얀 명주 한복을 주로 입는다. 흰색은 굿춤을 출 때면 자연스레 객귀의 혼을 달래려는 의미이다. 테너 H 교수의 「한 오백 년」이나 「이어도사나」 노래에 맞추어 우도 동굴음악제에서 춤을 출 때도 흰색이었다. 흰색은 현무암과 조화를 이룬다. 우도동굴 바닥에 광목천을 깔고 혼을 달래주듯 가슴 뭉클하게 독무獨舞로 풀어내기를 몇십 회이던가.

　제주 4·3 희생자 위령제에서 진혼무를 출 때도 영혼과 대화하듯 움직인다. 온 힘을 쏟아부으며 몸을 불사르다가 빙의될 뻔한 위기도 느꼈다. 해마다 넋을 달래도 원한은 사그라지지 않아 이름도 넋 살풀이춤으로 정했다.

그녀는 승무로 아름다운 춤사위를 보여주는가 하면 군무의 해녀 춤이건 규방 춤이건 제자를 지도하며 행사에 참여했다. 해녀의 물속 작업을 통하여 숨을 비는 듯한 숨비소리를 춤으로 승화하였다. '어휘~ 어휘~' 소리가 들리는 듯하다. 물속에 들어가면 가슴이 답답하고 목구멍도 답답하며 눈이 튀어나올 것 같아진다. 바다를 가르는 숨을 참지 못하면 객귀가 되어 이어도에 산다고 제주 사람은 믿어 왔다. 이어도의 한恨도 춤으로 표현했다.

제주 춤은 굿에서 시작한다. 칠머리당 굿이 인간문화재로 지정됨도 제주굿을 보존하기 위함이다. 김희숙과 단원들은 중고등부에서 전국예술 경연대회에 나갈 때면 A 선생이 동행하여 구술에 맞추어 춤을 추었다. 그녀 역시 S 스승의 뒤를 이어 굿을 정립하고 체계화하여 석사 논문으로 탄생하였다.

칠머리당 굿 제2대 예능 보유자 K로부터 굿에 대한 가르침을 제대로 받았다. 굿이 시작되면 보름씩이나 연이어 춤추는 것을 십 분의 공연으로 나타내려면 어떠했을까. 그녀는 군무에 여러 재차를 모두 담으려 했다. 기발한 착상이다. 칠머리당 굿도 연초가 되면 제주시 건입 포구에서 선주들이 풍어를 기원하는 굿에서 비롯되었다. 굿을 하는 곳에는 사람이 많이 몰려들었다. 굿이 끝나면 음식을 나누어 먹는 일이 오랜 세월 동안 이어져 왔다.

굿이 있는 곳에 쇳물 놀이는 따라다녔다. 사물의 소리와 춤을 보며 사람들은 치유하고 기원했다. 북, 장구, 징, 연물까지 등장했다. 지금은 공연무대에서 가야금, 대금, 아쟁까지 오케스트라처럼 등장하고 있다. 국악 연희단이 연주하는 쇳물 놀이는 한국의 전통 타악기와 연물, 가야금 대금까지 등장한다. 이들은 중국 닝보시와 청년문화교류를 한 국제적인 팀이다.

향로춤도 북춤을 추었던 남자 수석 단원이 맡았다. 손끝 발끝과 표정이 극치미에 달하여 진정한 예술인이었다. 단원들과 한 몸이 되어 외국 발리 공연에서 최초로 관광 제주를 알렸다. 흥거운 우리 민족성에 걸맞게 세계인과 하나가 되었다. 몸짓 하나로 세계 언어가 하나 되고 한풀이 된 마당이었다.

공연에 이어 문예회관 로비에서 자서전 『춤을 살다』 출판기념회까지 열렸다. 김희숙은 환갑 맞은 춤의 역사를 후세에 기록으로 남겼다. 대가들 앞에서 축하 화환으로 빙 둘러싸인 로비 가운데 자리하니 그녀가 더 위대해 보였다. 유복한 환경의 어린 시절부터 성년이 되도록 가까운 거리에서 살펴 왔다. 춤 인생도 나와 둘이는 거의 같이하였다. 나는 춤꾼 김희숙의 얘기를 녹취하며 정리했던 몇 개월이 마치 내가 대신 춤을 추는 기분이었다.

그녀가 춤을 출 때는 혼을 빼놓고 몰입한다. 천천히 움직이는 손짓·발짓에도 기가 흐르고 있다. 손을 올리고 정지한 듯, 한 점 한 점 뼈마디를 따라 내려오는 연기는 소름이 돋도록 감동이다. 관객들이 감명받는 이유가 여기에 있다. 다시 태어나도 춤으로 살겠다는 장인정신은 진정한 춤꾼이다.

내 삶은 어땠을까. 한 작품을 위해 혼을 뺄 만큼 울림을 주는 글쓰기에 몰입했는지 반추해본다. 창의력을 가져 보았는지 반성하게 한다. 장인이 따로 없다. 연습하고 또 연습하면 그것이 갈고 닦는 일이다. 부끄러워지는 하루이다.

〈2022.7. 동백문학 2집 게재〉

눌

백 년보다 더 지나서 진가를 발휘하게 될 줄은
아마 상상도 못 했으리라.
운반상의 문제로 대작은 못 보았지만,
작은 크기의 진품을 관람한 일은 행운이다.

제주도립미술관에 갔다. 「브루클린」 미술관의 순회전으로 '프렌치 모던'을 전시하고 있다. 프랑스 미술 작품으로 순회전을 통하여 관람하기는 극히 드문 일이다. '모네에서 마티스'를 주제로 일부 전시작품은 진품으로 전시하였다. 그중에서 「건초더미」라는 작품이 눈에 띈다.

"저건 눌[1]이잖아? 백 년 전 외국에도 있었네."

동료의 소리가 낯설지 않다. 모네의 작품은 알곡을 쌓아놓은 곡식 눌 인지, 말 그대로 마소를 위한 꼴인지는 알 수 없다.

---

1) 눌: 제주어. 짚이나 마소의 꼴 따위를 차곡차곡 쌓은 더미.

모네는 노르망디에 머물면서 건초더미를 그렸다. 노랗고 배가 부른 눌은 탈곡 전 눌로 상상된다. 회색빛이 감도는 눈 맞은 눌은 추수 후 마소를 위한 건초로 짐작이 된다. 빛과 어둠에 따라 공기의 흐름까지 변하는 눌을 나타냈다. 각기 다른 시간대에 따라 그려서 집요한 노력은 연작으로 스물다섯 작품까지 나온 배경이다.

모네는 가업도 거부하며 그림을 어떻게 그릴 것인가에 몰입하였다. 거의 모든 작품을 야외에서 사물을 연상시키고 떠올렸다. 과거와 미래가 뒤섞인 그림이 되게 하려고 사실과 다르게 표현하였다. 빛은 곧 색이라는 원칙을 고집했다. 마네의 밝은 화풍에 끌려 빛의 묘사에 노력을 기울였다. 사망 후 성당에 묻히면서 그의 아들은 살던 집을 프랑스 예술 아카데미에 기증했다. 그곳은 기념관이 되고 관광명소가 되었다.

건초더미는 인상파 화가인 모네의 작품 중에서 1,300억여 원에 낙찰되었는데 이번이 처음이라 한다. 원뿔형으로 꼭대기를 올린 느람쥐[2]와 둥근 원형으로 그려진 눌 굽[3]은 백 년도 넘었다. 자연에 대한 사랑과 그리움이 느껴지는 소박하고 평범한 풍경이

---

2) 느람쥐: 제주어. 이엉과 비슷한 것으로 낟가리 위에 덮어 비를 가렸다.
3) 눌 굽: 제주어. 짚이나 꼴 따위를 둥그렇게 쌓은 자리의 밑바닥.

다. 지금은 사라져가는 풍치여서 최고가의 가치는 변함이 없다.

모네의 작품에 몰입하노라니 젊은 시절로 시간여행을 떠나는 듯하다. 여름의 길목에서 보리농사를 거둘 때면 시아버지는 한 사람의 일꾼도 아쉬워하였다. 나는 남편이 출근한 후, 점심 전 간식을 준비하고 밭에 도착한다. 농사에 경험이 없던 나는 눈치껏 거들었다.

시어머니는 늦은 가을 파종에서 겨울을 거치며 초벌 김매기와 봄철 두 벌 매기까지 혼자 하였다. 유월 초가 되면 동네 사람과 수눌음으로 보리를 베었다.

보리 벨 때는 한 줌 잡고 오른쪽 손에 쥔 호미로 밑 둥지를 베어 뒤로 제쳐 놓으며 앞으로 나갔다. 보리 밑 둥지에는 물기도 송송 맺혀 있다. 바람 불어 쑥대밭처럼 들쑤셔진 풍경에서도 베어 낸 보리는 황금색 카펫을 깔아 놓은 듯 미끈해졌다. 보리 벨 때 까끄라기가 어쩌다 살에 스치면 따갑고 벌건 상처를 남겼다. 반 소매를 입고 밭에 간 날은 팔꿈치 아래는 시커멓게 타고 만다.

베어낸 후 이삼일이 지나면 탈곡하기 쉽게 보릿단을 묶었다. 시아버지와 어머니는 허리를 구부려가며 보리 묶기를 괴로워하였다. 보리 더미를 올려놓는 일은 무릎을 세워서 하므로 힘이 많이 들었다. 보리 더미는 삼등분으로 생각하여 왼쪽에서 가운데 올리고 오른쪽에서 가운데로 올리면 한 무더기가 되었다. 언제부터인가 팔에 토시를 끼고부터 일이 편해졌다. 내가 보리 더미를 올려놓으면 시아버지는 바로 쫓아오며 허리춤에 찬 새끼줄로 묶었다.

탈곡할 때까지는 군데군데 묶어놓은 보릿단을 가운데로 옮겨와서 모아두었다. 보릿단은 둥그렇게 눌을 만들어 밭에 쌓아놓았다. 탈곡 전에 보릿단이 비에 젖지 않게 하려면 꼭대기에 ㄴ람쥐를 두 겹으로 덮었다. 차례가 되면 탈곡기로 알곡을 분리하였다. 탈곡 이후의 보리 짚은 건초더미가 되어 밭에 임시 자리했다.

보리농사는 보리 짚을 집으로 옮겨 와야 끝이 났다. 집 마당에 내려진 보리 짚은 뒤 우영팟 구석에 눌을 눌었다. 밑자리는 돌 굽을 두르고 눌굽을 둥그렇게 놓아 보리 짚을 쌓았다. 꽉 찬 눌은 밑단을 한 바퀴 둥그렇게 놓으면 반대로 안에 한 바퀴 놓아야 미끄러지지 않게 된다. 알곡이 빈 눌에도 꼭대기에는 ㄴ람쥐를 두 바퀴를 더 얹어야 속으로 비가 스며들지 않았다. 보리 짚 몇 단씩 빼낼 때도 골고루 돌아가며 빼내 눌이 무너지는 것을 막는다.

쌓아둔 보릿짚은 부엌에서 조리용 땔감으로 사용하거나 돼지우리 바닥에 깔아준다. 아궁이에서 한 줌의 재로 산화한 불치는 두엄 낸 위에 뿌려주면 발효과정에서 한몫한다. 화학비료 개발은 못 할 때여서 마소에 의한 거름은 농사짓는 데 꼭 필요했다. 어쩌면 농사지을 때 당연한 자연법칙이었다.

자연의 법칙은 태고시절이나 지금이나 변하지 않나 보다. 계절의 변화에 따라 곡식이 익어가고 추수한다. 햇볕의 세기에 따라 봄 작물이 있는가 하면 여름·가을 작물까지 쉴 틈 없이 땅을 뒤돌아보게 한다. 사람은 그 곡식으로 연명하며 살아간다. 보릿눌이 생생히 기억나면서 모네의 작품이 과거의 향수를 불러왔다. 그 시절, 보릿고개가 되면 손으로 비비고 입으로 불어 까끄레기를 턴 후 물렁거린 알곡으로 지어낸 보리밥 맛을 기억하고 있다. 모네도 식량이 떨어져 갈 즈음이면 설익은 알곡으로 배를 채웠을까.

　　요즘의 농사는 비싼 인건비 때문에 기계로 짓고 있다. 외국 그림에서나 보았던 트랙터와 콤바인이 한국의 농사에 이용되고 있다. 콤바인 기계가 지나가면 곡식과 줄기가 분리되어 눌을 만들지 못한다. 뉘어진 줄기는 트랙터로 밭을 갈아버리면 퇴비가 된다.

　　그림 속의 눌을 바라보노라니 시부모님의 환영이 떠오른다. 햇볕에 그을러 주름진 얼굴은 골 깊게 패어 눈시울이 뜨거워진다. 허리가 늘어지게 아프다는 말이 들리는 듯하다. 눌은 우영팟에도 밭 구석에도 볼 수 없는 그림일 뿐이다.

　　모네는 그림을 자연의 빛과 시간 속에서 묘사했다. 과거와 미래를 뒤섞어 심지 깊은 몰입 속에 좋은 작품이 되었다. 그때의 자연을 표현해두었기에 지금 평가받는다. 백 년보다 더 지나서 진가를 발휘하게 될 줄은 아마 상상도 못 했으리라. 운반상의 문제로 대작은 못 보았지만, 작은 크기의 진품을 관람한 일은 행운이다.

모네는 우리에게 자연을 거스르지 말고 사랑하라고 암시해주고 있다.

〈2021.12. 수필광장 22 게재〉
〈2021.11. 제1회 한용운 문학상 최우수상〉

꽃 중의 꽃

봄날
축제가 열리는 상효원에서

꽃의 여왕
작약을 만났네

정감이 가는 화원에

원색으로
정좌한 모습은
대우주로구나

〈 상효원 야외학습에서 수상작 〉

Chapter_ 2

내알로 네말로

형제섬

배알로 배알로

내가 탄 이 배 밑에도 고래가 줄을 이어,
사람들이 "배알로~ 배알로~"를 외치는 듯하다.
풍어의 꿈을 안고 달린다. 윤슬이 곱다.

햇볕이 따스하다. 카페에 앉아 따끈한 커피 한 잔을 주문하였
다. 바다를 향하여 탁 트인 유리창을 마주하고 앉았다. 용암이
흐르다 점점이 굳어진 자리는 원 담으로 남아 있다. 밀물 때 원
담 안에서 노닐던 어린 물고기는 썰물이 되면 나가지 못한다. 용
암이 굳어져 원시 어로작업의 근간이 되었다. 멀리 보이는 수평선
이 속눈썹처럼 또렷하다. 물결에 걸쳐진 햇빛도 금빛으로 보인
다. 저 바다를 건너면 어디에 도착할까. 잔잔한 오로라 톤의 바
다가 무언가를 생각나게 한다.

이 카페는 지난해에 원형 건물로 지어졌다. 시야의 반경이 200
도는 되게 꺾여 있다. 남국의 정취를 느낄 수 있게 야자수 몇 그

루도 심었고 화산석도 옮겨왔다. 입구에는 송이석으로 된 큰 물고기 한 마리와 작은 물고기 두 마리가 인상적이다. 주인의 깊은 뜻은 무엇이려나.

커피 한 모금을 마셨다. 갑자기 유리창 너머 바다에는 화살표 솟대처럼 잠겼다가 일어나기를 반복하며 여러 개가 움직인다. 내 눈을 의심했다. 어머나, 이곳에서 보다니. 돌고래가 바다에서 관객을 향하여 물놀이하고 있다.

영상물에서 보았던 돌고래가 잊히지 않는다. 이십여 마리가 수중발레를 하듯 가운데 한 마리가 하얀 배를 드러내며 뒤집는 광경이 거듭된다. 물 밖에서 호흡하도록 여러 마리가 힘을 모아들어 올리면 뒤집고, 연속이다. 돌고래는 인공호흡을 시킬 때 저런 행동일까. 돌고래 쇼장에 앉은 느낌이다. 외할머니가 들려주던 돌고래 이야기가 생각났다.

열 살 무렵이다. 친정엄마는 보릿고개 시절 모자란 식량 얻으려고 나를 외가에 자주 보냈다. 토요일 오후 두 시간 동안 완행버스를 타면 어스름에야 모슬포에 도착했다. 동네 어귀에 이르면 굴뚝에서 피어오르는 연기와 아이를 부르는 소리가 들렸다. 외할머니를 부르자 "천안이 딸 와시냐?(천안의 딸 왔느냐?)"라며 아궁이에 불쏘시개를 넣다가 반긴다. 가까이 앉게 하고 "어멍(엄마) 이름 지어진 이유를 아느냐?" 하였다.

큰할아버지와 외할아버지는 마당이 넓고 백 년이 넘은 기와집에 살았다. 일제 강점기 때 공출에 시달리자 해녀였던 외할머니와 몇몇 사람은 원정 물질을 떠났다. 원산 앞바다까지 외할아버지가 운영하던 풍선風船을 타고 갔다. 큰외삼촌은 큰할머니에게 맡기고 떠났다. 제주해협에서 동해안을 거쳐 독도에서도 물질하였다. 흔히 제주에서는 독도가 머정(해산물이 많은 장소. 재수있는 곳)이 좋아서 갈 수만 있다면 돈도 벌고 부러움의 대상이었다.

한 팀을 이루어 장기간 물질을 하는데 먹이가 풍부한 바다에 이르면 고래가 나타났다. 사람은 "배알로~ 배알로~(배아래로)"를 외쳐 댄다. 멸치 떼를 쫓아 고래가 나타나면 뒤이어 상어까지 꼬리를 문다. 고래는 접영의 능사여서 올라오는 순간 고래 등으로 배 밑바닥을 치면 배가 풍비박산되어 상어의 밥이 되어 버린다. 배에 탄 사람은 있는 힘을 다하여 "배알로~ 배알로~"를 외쳤다. 고래는 알아듣는 주파수가 특이하여 사람의 말을 잘 들었다.

해녀는 짧은 소중이 해녀복을 입고 물질하여 상군이라야 깊은 바다의 해산물을 캤다. 검정 속곳은 무명옷이었다. 하얀 적삼은 바닷속에서도 작업상황을 분별하기 위한 조상의 지혜이다. 해초를 캐내어 망사리에 가득 담아 힘겹게 올라왔다. 미역과 우뭇가사리와 소라, 전복을 담았다. 전복을 따기 위하여 허리춤에 찬 비창은 끈을 매달아서 바닥에 놓치는 일을 방지했다. 기어가는 물체를 보며 쫓아가다 한숨에 집어넣어 들어내야 전복을 잡았다. 옛날에도 전복을 떼야 돈이 되었다. 소라 문어 성게도 계절에 따라 돈으로 환산하는데 최고다. 허벅지를 드러내고 종아리는 차가운 바닷물에서 몇 번이나 쥐가 나기도 했다. 발을 붙잡고 물 위로 박차고 올라와 아픈 종아리도 풀어내야 했다.

불 턱에 앉아 꽁꽁 언 몸을 녹인다. 바닷속에서 겪은 이런저런 얘기를 한다. 물속에서 바위틈새에 붙어 있던 전복을 떼어내다 숨이 차자 물 숨 아끼려고 올라왔다. 숨비소리 내고 다시 내려갔더니 전복은 그 자리에 없고 도망갔더란 말도 했다. 소중이 입고 물질하면 여름에 더워도 바닷바람이 실어 갔다. 겨울에는 날씨가 좋지 않아 며칠 일하지 못한다. 수많은 해산물 채취하려고 경험자의 체험담을 들으면 그날만큼은 대 수확의 꿈을 안고 상상의 나래를 편다.

해녀가 작업하며 숨비소리를 잘 내뱉어야 살 수 있듯이 고래도 수액거리는 주파수를 잘 던져야 한다. 고래는 사람인 듯 해녀를 많이 닮았다. 물 위로 올라왔다가 잠시 숨 고르는 것도 사람을 빼닮았다. 신호로 보냈던 주파수는 살기 위한 몸부림이었고 오케스트라에서 연주되는 교향곡이었다.

고래는 사람을 헤치지 않고 같이 유영하며 해녀를 보호했다. 호시탐탐 노리던 상어 떼의 습격을 받으면 난감해진다. 짧은 소중이를 입었으니 맨살에 상처를 입으면 치명적이다. 상어가 피비린내를 맡으면 떼지어 몰려오기에 해녀는 살아남지 못한다. 있는 힘을 다하여 해녀는 빠져나오고 돌고래는 방패막이가 되어주었다.

깊은 바다의 머정도 상군해녀는 잘 찾아내었다. 작업도 썰물에 들어 물 봉봉 든(만조) 밀물에 나오는 이치도 물살에 거슬리지 않은 그들만의 지혜였다. 나올 때 는데래기(끈적끈적한 해초)를 밟지 않으려고 바닷돌 사이를 잘 살핀다. 미끄러워 뒤로 넘어지면 사고로 이어지니 상군해녀는 살아가는 지혜를 불 턱에 앉아 들려주었다. 대장 상군은 해녀 속담을 들먹이며 "물 숨은 골라 맥인다. (물질을 하다 보면 좋은 일이 있을 것이다.) 물 숨 애끼라. (물 숨은 여유를 두어라.)"하며 물 숨을 경외시하지 않았다. 조금 깊은 수심에서 작업하면 귀가 멍멍해질 때도 많았다. 멍멍해짐이 잦아지자 목소리도 조금씩 커졌다.

거우쟁이(해녀의 긴 팔다리)가 긴 해녀는 상군의 조건이었다. 돈짓당(신당)은 그들만의 무사고를 염원하는 바람의 장소였다. 궂은비와 눈보라에도 굴하지 않고 가족을 생각하였다. 소지를 사르고 방생하며 용왕님께 창호지에 싼 맷밥을 던지며 이기보다는 이타에 기도했다. 물찌와 날짜를 정하여 머정에 재수 좋게 해달라고 빌고 생로병사의 근간도 신이 관장했다.

고래는 바다의 왕이었다. 동료 고래를 죽이지 않고 순진함을 팔지 않아도 왕이 되었다. 다른 고래도 인정하면서 혼자 약육강식하지 않아도 왕이었다. 고래의 손과 발도 사람을 닮아 뼈가 다섯 개씩 있다. 진화론에서 보듯 사용하지 않는 부분은 퇴화해 버렸는지 모른다.

제주와 독도 해녀는 닮은 점이 많다. 아리따운 아기 해녀에서 혼기 전의 해녀까지 무작정 따라나섰으리라. 독도 물질 갔다가 눌러앉아 오가지 못하는 정착민도 있다. 울릉도와 독도 여행 중에 홍합밥을 맛있게 해준 사람은 제주 언어를 사용하는 출항 해녀였다.

외할아버지는 할머니가 해산달이 되어가자 육로로 고향 제주로 내려가라 하였다. 임신한 줄 모르고 봄 물질에 떠났다가 배가 불러오자 알았다. 원산에서 충남 천안에 이르자 갑작스레 몸을 풀었다. 1931년 10월이다. 친정엄마 이름도 천안에서 출생하였다 하여 이천안李天安이다. 외할아버지는 풍선으로 제주에 오고 할머니는 동네 여인과 한 달 동안 몸조리하다 내려왔다고 말해주었다.

바닷속의 덩치가 큰 동물도 죽음을 앞두고는 바다로 돌아간다. 남은 종족 보존을 위하여 죽어서도 먹이가 되며 깊은 바다에 무덤이 된다는 말이 있다. 동물에게도 삶과 죽음이 공존한다.

지금은 외할머니와 친정엄마의 흔적도 영혼이 되었다. 제물을 바치며 저승길마저 오락가락 한 적은 어디 한두 번인가. 칠성판을 등에 지고 명정포 날리던 일도 가족을 위해 단순하고 정직한 마음이 있었다. 두 분이 얘기 나누던 모습이 엊그제 같은데 똑같은 여든여덟의 나이에 바닷속에 혼이 박혔나 보다.

고래와 인간은 삶과 죽음이 우주의 커다란 그물이다. 인생은 그 위에 달린 구슬이다. 멀리서 서로 비추어 하나의 장엄한 세계를 형성한 것이다.

카페 옥상으로 올라갔다. 둥근 건물에 계단도 가운데로 뚫으니 한 마리 물고기가 되었다. 야외 테이블에 앉았다. 바다를 바라보노라니 마치 내가 배에 타서 망망대해를 순항하는 듯하다. 외숙모까지 상군해녀인 지금, 조상의 얼을 되새기고자 사촌 동생은 이곳에 문을 열었다. 차광막을 드리우니 외할아버지가 탔던 풍선風船이 되었다. 내가 탄 이 배 밑에도 고래가 줄을 이어 사람들이 "배알로~ 배알로~"를 외치는 듯하다. 풍어의 꿈을 안고 달린다. 윤슬이 곱다.

〈2020.6. 제10회 전국독도문예대전 공모전 최우수상〉

환승

머나먼 길 갈아타면서 소풍을 떠나는 것만 같다.
부디 고통도 괴로움도 없는 극락세계에서
먼저 올라간 아버지를 만나 영면에 드옵소서.

　『부모은중경』을 읽어드렸다. 누워 계신 친정어머니에게 얼마 남지 않았다고 도저히 말을 할 수가 없다. 그 책에는 아이를 가진 후, 지키며 보호해준 은혜와 해산할 때 괴로움을 받은 은혜가 자세히 적혀 있다. 젊어서도 읽은 책이지만 법 보시하려고 특별 주문을 한 것이다. 다시 낭독 해 보니 느낌이 새롭다. 철없이 행동하며 대들었던 일을 용서해달라는 의미를 담았는데 알았을까.
　친정어머니는 사십여 년 전에 아버지를 먼저 보내고 얼마 되지 않아 고모할머니 절에서 공양주를 하였다. 몸으로 할 수 있는 일로 부처님께 공양 올리며 자식 건강을 위해 빌었다. 천도와 사십구 재를 지낼 때는 큰스님을 초청하였다. 그때마다 법당에 앉아 설법을 들었는데 스무 번도 넘게 들었다고 이제야 말해준다. 아무리 들어도 지겹지 않다는 말도 덧붙이면서 한 번 더 읽어 주라 하였다. 글이 잘 안 보여 읽을 수는 없으나 누워서도 듣기는 가능하니 심신이 안정된다고 했다. 두 시간을 읽었더니 목이 아파 와 멈추었다.

일주일째 읽는 날이다. 어제까진 괜찮았는데 갑작스레 어머니의 혈압이 내려갔다. 응급실을 거쳐 호스피스 병동에 입원하였다. 의료진이 할 수 있는 갖가지 조처를 하면서도 환자의 의식이 또렷하여 의사조차 가늠을 못 했다. 어머니의 자식과 사위·며느리 열네 명의 손을 한 명씩 잡고 고맙다는 말을 일일이 할 때는 병원에 입원한 첫날이어서 그러는 줄 알았다. 말하는 데에도 힘이 있었다. 밤 열한 시가 되자, 서울에서 내려온 아들과 딸만 남고 다른 자식은 집에서 쉬었다가 아침에 오라며 배웅했던 일이 마지막이 되었다. 잠자듯 편안한 모습이다.

어머니는 며느리에게 부탁하기를 큰 딸인 내가 다니는 절에서 사십구재를 지내라 하였다. 빚지기를 싫어하여 모든 장례비용도 통장에 마련해두었다. 결혼하면 남편 종교를 따르라는 평소 생각대로 자녀의 종교는 전부 달랐다. 종교 갈등으로 고부간의 문제를 발생하지 말라는 가르침이었다. 근래에 들어 내가 다니는 사찰의 재 지내는 과정을 자꾸 물어도 눈치 못 챘다.

절에서 五祭 지내기 하루 전, 꿈을 꾸었다. 나는 어머니와 어떤 노파를 모시고 어디론가 가다가 막차를 놓쳤다. 다음날 첫차를 타기 위해 묵을 방에 들어갔다. 어머니는 평상시의 파마머리에 웃는 낯으로 옷도 예쁘게 입었다. 아프지도 않고 허리도 꼿꼿하여 넉넉한 모습이다. 여성 전용 칸이었는데 사람이 많아서 어머니와 노파의 가방을 사물함에 각각 넣어 보관하였다.

앞서지도 않고 얌전하게 생긴 노파는 몇 달 전 운명한 시어머니 비슷했다. 사돈지간에도 좋게 지내더니 여기서도 같이 가고 있다. 같은 방에 있으려니 누울 자리가 없다. 다음 날 아침 일찍 내가 모시고 가겠다는 말을 한 후 잠자리를 마련해드렸다. 나만 옆방으로 자리를 옮겼다.

그곳에는 다른 노파가 아픈 상태로 내 옆자리에 있었다. 그 노파에게 주물러 주고 말벗하다가 늦게 잠이 들었다. 단잠을 잤는지 아침 약속을 의식하며 벌떡 일어났다. 첫차가 출발하기 전에 깨우려고 어머니가 머물렀던 방에 갔더니 아무도 없다. "어머니! 어머니!"만 애타게 불렀다. 두런두런 찾아다니며 목청껏 불러도 대답이 없다. 두 분은 온데간데없고 어디 가서 찾는단 말인가. 목울대가 찢어지게 아프다.

소지품 보관했던 회색의 사물함을 다 뒤져도 비어 있다. 창가에 밝은 빛이 환하게 비추어 올 뿐이었다. 양쪽 방 어디에도 사람은 없고 나 혼자이다. 늦잠을 잔 것도 아니고 첫차 시간도 멀었다. 목이 쉬게 부르다 보니 가위눌리며 잠 깨었다. 머리가 무겁다. 너무나 선명하여 두어 시간 동안 잠이 오지 않는다. 내가 고려장 한 일도 아닌데 어디로 갔을까.

친정어머니는 췌장암 말기였다. 일 년 전, 간 초음파검사에도 아무 이상 없었다. 지난달 검사에서 간 전체로 전이 되어 한 달 반밖에 남지 않은 수명이라니 이해할 수가 없다. 식사 시간과 운동도 일정한 시간에 규칙적으로 하며 바른생활이었다. 대상 포진으로 아프다는 호소와 한 달 전 증상은 하체의 체중감소뿐이다. 내가 암수술을 받자 가족력이 될지 지레 걱정하며 어머니는 유전자 검사를 받았다. 결과는 아무 이상 없었다. 부모 마음에 심려를 끼쳐드린 나의 죄인 듯하였다. 이제 남은 방법은 어찌해야 하나.

친정어머니 마음은 소녀 같았다. 88세의 나이에도 불구하고 노인 합창단에 참가하였다. 트로트 가요보다는 '비둘기 집' 같은 노래를 부르면 마음이 편안해진다는 말도 했다. 목소리도 꾸밈 없이 맑은 소리를 내었다. 소녀 같은 감성으로 글도 쓰고 예쁜 옷을 즐기며 품위를 원했다. 며느리한테 말할 때도 명령어는 하지 않을 정도로 조심스러웠다. 남의 집 귀한 자식 데려와서 마음에 응어리지는 말은 하지 않아야 한다며 " ~~했으면 좋겠다. 네 생각은 어떠니?" 이런 식이었다. 하지만, 젊어서 해녀 생활했던 여장부 기질과 지혜도 있었다. 근검절약은 몸에 배었다. 집착과 번뇌가 가득 찬 외가에도 화합을 끝까지 주선하였다.

갑자기 가슴이 답답하다며 식사를 못 했다. 먹고 싶은 것은 많아도 조금 먹으면 싫어지고 복부 통증에 시달렸다. 제주대학 병원에서 주치의 처방전은 진통제뿐이었다. 자녀들은 식사 도우미로 분담하였다. 자연식에서 시작하여 약간의 음식이라도 원하는 대로 만들어 드렸다. 어머니는 정신력이 완벽하였기에 예외일 줄 알았다. 오로지 의지한 비타민 주사도 이십 회를 넘겼건만 수명 연장도 되지 않나 보다.

분향실 영정사진 앞에 앉았다. 며칠 전, 흙으로 돌아갈 때 벽에 걸린 사진 속의 한복을 입겠다고 하였다. 편안한 웃음은 다시 한번 나에게 하고 싶은 말이 있는 듯하다. 고인이 입관해야 상주는 배례한다. 입관 의식까지는 서너 시간이 남아 있어서 책의 끝 부분까지 읽었다. 4종류의 경전을 읽은 셈이다. 곁에 있다면 목소리 듣기 좋다고 칭찬할 것 같다. 내 목이 말라 아프다는 핑계로 더 들려드리지 못한 후회감이 밀려온다.

참회와 죄를 멸하는 『심지관경 보은품』 마지막까지 읽고 책장을 덮었다. 온갖 더러운 것 씻어주는 은혜와 자식을 위해 험한 일이라도 서슴지 않고 하시는 은혜, 임종 때에 자식을 위해 근심하는 은혜까지 모두 읽었다. 친정어머니 영전에 부모은중경 책 전품全品을 바친 셈이다. 평소의 성격처럼 임종할 때도 소녀 같은 어투로 부탁의 말과 함께 일생을 마감했다.

머나먼 길 갈아타면서 소풍을 떠나는 것만 같다. 부디 고통도 괴로움도 없는 극락세계에서 먼저 올라간 아버지를 만나 영면에 드옵소서. 충혼묘지 비석에 이름을 새로 새기며 부부 합장묘에 하관하였다. 눈물이 가득 차오르고 있다.

〈2018.11. 백록 19집 게재〉

마지막 면회

묵을 곳이 없고, 예상할 수 없는 후송으로
약속하지 못한다고 말렸다.
훈련소 면회는 아들의 군복무 기간 동안
마지막 면회가 된 셈이다.

C 장관 아들의 군대 문제로 시끄럽다. 국방의 의무를 다하기 위해서는 넘어야 할 산이다.

오래전 일이다. 큰아들은 대학에 다니다가 갑자기 군에 입대하였다. 아들은 논산훈련소에 입소하는 과정도 부모의 동행을 거부하였다. 탈영하지 않고 무사히 입소하겠다는 농담을 하면서 말이다. 아들이 부대 입구라고 전화 온 때는 애써 안부만 전하며 태연한 척했다.

1차 훈련을 마치고 2차 교육 중에 부모 면회 일정이 있었다. 그때는 부대의 의무로 군 생활 모습을 일요일 단 하루 면회를 허락하였다. 훈련기간 동안 중간중간에 중대장으로부터 자녀는 훈련에 충실하니 걱정하지 말라는 서신도 보내왔다. 손편지가 흔한 시절이라 아들의 꾹꾹 눌러쓴 소식도 종종 읽었다. 아들은 대학 학과에 따른 의무병 교육을 받을 때여서 강의실에서 환자 처치과정과 약 처방 교육에 임하는데 밖에선 훈련병이 총검술 하고 있어서 미안하다는 글도 곁들였다.

지정된 면회 일자가 돌아오자 고향 제주에서는 대식구가 출발하였다. 병환 중이던 시아버지도 걸을 수 있을 때 장손자 면회 가기를 원했다. 시아버지는 내 아들이 본가에서 유일한 현역병이어서 장손을 자랑스러워했다. 작은아들까지 동행하여 4명은 광주행 비행기에 탑승했다.

제주에서 논산훈련소까지는 전날 아침 비행기를 타야 유성지구에 도착했다. 유성은 논산 입구에 위치하여 주말이 되면 면회자 숙박으로 주중보다 곱절이나 비쌌다. 훈련병 면회는 자대배치 이전에 부모와 같이 2차 교육 수료 가까워갈 즈음 한 끼 식사를 훈련 부대 내에서 하였다. 일요일에 사병 식당 장소만 빌려주고 훈련병 훈련소 밖 외출은 금지였다.

아침 9시가 되어 부대 정문이 열리자 일시에 몰려들어 훈련병을 찾느라 분주했다. 가족을 찾으면 자연스레 한 팀이 되어 사병 식당으로 들어갔다. 아들이 먼저 우리를 찾아 쉽게 다가왔다. 부대 내 식당은 장교식당 칸까지 제공되어 많은 인원을 수용했다.

나는 아들을 위한 반찬으로 쇠고기 양념불고기와 1kg 넘어 후라이팬에 꼬리가 들렸던 옥돔 생선 한 마리를 구워 가방에 챙겼다. 밥은 식당에서 몇 그릇을 사고 빈 찬합에 담았다. 그곳에는 택배도 되지 않으니 남편은 측은지심으로 밀감 두 상자를 준비했다. 손에 들고 낑낑대며 가져간 일이 힘들었다. 군부대 내에는 택배도 안 되니 고생스러워도 가는 길에 들고 가면 소대원들과 나누어 먹을 수 있어 좋겠다 하였다. 시아버지는 가져간 음식을 내놓고 맛있게 먹는 손자만 바라봐도 흐뭇할 정도였다.

　　아들은 잠시 수저를 놓더니 방에 갔다 오겠노라 하였다. 돌아온 아들은 같은 소대원 한 명과 같이 왔다. 나주에 사는 동기생인데 조부상을 당하여 부모가 면회 못 왔다는 설명이다. 아들이 데려오지 않았다면 그 사병은 한 끼 굶을 뻔하였다. 내 자식처럼 여겨 맛있게 먹으라고 배려해 주었다.

　　그 후 아들은 경기도 연천으로 부대 배치를 받았다. 최전방에서 고생하는 아들에게 또 한 번 면회 가겠다는 나의 생각을 거절하였다. 아들은 그때 흰 살이 많았던 커다란 생선토막을 생각하면 충분하다며 먼 곳이니 면회 오지 말라고 신신당부하였다. 제대하기 전에 꼭 한번 연천에 가고 싶었는데 소망으로 끝났다. 연천에 물난리 나면 복구지원에 나서고 부상병이 생기면 응급차로 큰 병원에 수송하니 면회 일정을 잡을 수 없다는 이유였다.

언젠가 임진강이 범람하자 도로위까지 불어난 수해에 고무보트를 타고 주민을 구했다는 소식도 전해왔다. 긴 장화를 신고 안방까지 들어찬 물과 흙을 퍼내고 긁어낸 곳이 아들이 근무하던 부대의 임무였다는 말도 웃으며 했다.

그러니 6시간 이상 걸려 부대 가까이와도 묵을 곳이 없고 예상할 수 없는 후송으로 약속하지 못한다고 말렸다. 훈련소 면회는 아들의 군 복무 기간 동안 마지막 면회가 된 셈이다. 우겨서라도 면회 갈 걸 후회스럽다.

〈2020.9.19. 뉴제주일보 해연풍 게재〉

부서진기둥 *

내 영혼이 한 줌의 이슬로 사라져도
다음 생을 기약해본다.
나보다 더 아파하는 사람들도 많겠으니
위안을 주고 슬픔도 잊히게 글을 써 보리라.

　국립의료원 강당에서 교육받는 중이다. 교육자는 연명의료가
왜 필요한지 영상자료를 넘기다가 프리다 칼로의 그림을 화면
가득 보여준다. 그 그림은 교통사고로 만신창이가 된 프리다 칼
로의 자화상이다. 인체 해부도인 듯 보이나 자세히 보니 척추 마
디에 스테인리스스틸이 박혀 있다. 화가는 왜 이런 그림을 남겼
을까.
　프리다 칼로는 멕시코 초현실주의 여류화가이며 고통스러운
삶을 그림으로 승화시켰다. 요양원에서 인생의 반을 침대에 누워

---

* 「부서진 기둥」의 제목은 프리다 칼로의 작품명에서 따 왔음을 밝힌다.

지낸 여인이다. 처음 접한 그림이라 몇 번이나 살펴본 후에야 척추 전체가 쇠로 채워진 부분에 눈길이 멈추었다. 교통사고로 척추와 갈비뼈는 부서지고 날카로운 뼛조각이 골반과 자궁을 관통하였다. 서른 번이나 넘는 수술을 어떻게 참아 냈을까. 그림 속에 있는 프리다 칼로의 고통스러웠던 몸과 내 몸이 비교되니 눈물이 났다.

나는 오십 대 중반에 이르도록 감기 한번 앓지 않았다. 겉으로는 멀쩡한데 달리지도 못하고 산을 오를 수 없는 몸이 되었다. 가족 대항 릴레이에서 힘껏 달려 우승했던 일은 영화필름처럼 다가왔다. 삼십 대에 남편과 나는 큰비가 내린 후, 백록담에 고인 만수를 보려고 북벽을 타기도 했다. 고상돈 훈련코스라는 북벽의 쇠줄을 잡으며 아슬아슬하게 돌계단을 올랐던 시절을 떠올리면 남의 일 같다. 지금은 윗세오름까지 오르려 하여도 경사진 곳이 많아 겁이 난다.

발꿈치를 들어 까치발과 허리 비틀기도 할 수 없다. 앉아서 발톱 깎기도 제대로 할 수 없다. 십 년 동안에 대수술을 세 번씩이나 받을 줄은 상상도 못 했다. 초등학교 2학년 때에는 학년 전체에서 한 사람에게 주는 건강상까지 받았다.

나는 뜻하지 않는 사고로 정상인의 80% 기능만 할 수 있다. 시시때때로 근육도 굳어진다. 바닥에 오래 앉지도 못하니 두려움이 다가왔다. '의사의 몫은 절반이고 나머지는 나의 책임'이라고 어느 의사가 일갈했다. 그래도 나는 동아줄이라도 붙잡는 심정으로 의료진의 도움에만 전적으로 의존했다.

처음의 수술은 예상보다 빨리 올라온 매미 태풍의 여파였다. 운전 중인 자동차는 '태풍의 눈' 속에 갇히게 되었다. 공포의 두 시간이었다. 구급요원은 도로에 가득 찬 빗물로 시동이 꺼지면 위험하니 저속 운전하라고 당부했다. 광풍 속에 무서움을 잊으려고 고성염불을 하였다. 바람에 날리던 긴 비닐이 자동차 바퀴에 감겼다. 잠시 멈추어 문을 열고 비닐을 떼어냈다. 바람이 어찌나 센지 순식간에 물에 빠진 생쥐처럼 몰골이 되었다. 힘이 많이 들어 허리가 우지끈했다. 평소보다 세 배의 시간 동안 천천히 운전하여 겨우 집에 도착하였다.

이튿날은 하지마비가 되어 병원에 입원하였다. 일주일간 진통제 주사만 맞았지만, 일어나지 못했다. 수술만 하면 멀쩡하게 걸어 다닐 수 있으리라 상상하였다. 후유증이 오리라고는 생각도 못 했다.

프리다 칼로의 그림을 보면서 눈시울이 뜨거워졌다. 움직이면 뼈가 어긋난다니 꼼짝없이 누워있던 한 달간은 지옥이었다. 몸 안에서 살아있던 세포조차도 움직이지 못하자 몸은 굳어 갈 수밖에 없었다. 허리 보조기를 2년 이상 착용하고 다녔으니 장애인이었다.

내가 수술받은 지 오 년 만에 척추에 삽입된 기구에 금이 가면서 다시 한번 하지마비가 왔다. 소변 관에 의지하여 배뇨했던 나는 죽음이 다가온 듯하였다. 눈만 떠 있고 음식 섭취도 되지 않으니 초췌한 모습이었다. 뒤늦게 아들의 주선으로 서울에서 재수술을 받게 되었다.

지지대 기구는 몸속에서 부서져 신경을 누르고 있으니 척추 재수술을 받아야 했다. 두 개의 기존 지지대를 제거 후 다섯 개의 보조물을 앞뒤로 안정되게 고정해야 한다는 설명이었다. 의사는 "처음에 잘했더라면 발톱이라도 깎을 수 있을 터인데 평생 그러려니 여기며 사세요."라고 하였다. 부서진 기둥은 생각 외로 수술 시간이 길어졌다. 네 시간이 걸린다던 예상은 상황이 어려워져 아홉 시간의 대수술로 마무리되었다.

밖에서 기다리던 가족들은 내가 잘못되는지 불안과 기도로 하루를 보낸 셈이다. 마취에서 힘들게 깨어났다. 남편과 아들 얼굴이 희미하게 보이더니 그냥 잠에 취했다. 친정어머니의 전화 목소리를 듣자 살아있음에 감사할 뿐이었다. 뒤돌아보니 그동안 나를 위하여 한 일이 아무것도 없었다. 가족을 위해 돈벌이에 나섰고 태풍에도 부모님 걱정을 먼저 했다. 자아실현을 위하여 큰아들의 후원으로 등단했다.

프리다 칼로는 당시 의술로는 어쩔 수 없이 누워 지내자 차츰 차츰 근육도 굳어 갔으리라. 망가진 몸은 불구가 되어버렸지만, 뿌리를 찾기 위한 그녀만의 노력이 계속되었다. 자신의 몸을 실험대상으로 그리기 시작한 작품이 자화상을 비롯한 고가의 예술품이 되었다. 빛과 그림자를 이용하면서 표현했다.

그녀의 자서전 『내 영혼의 일기』를 읽었다. 사랑과 연민과 증오가 구구절절하였다. 몸속의 보철물 전체가 수술로 채워진 상황이 끔찍하다. 오십을 넘기지 못한 인생이었다. 프리다 칼로의 그림 전시회에는 소원대로 들것에 의지하여 누운 채로 전시장에 들어갔다. 화가는 뜨거운 눈물을 흘리고 감격했으며 눈을 감아도 여한 없는 삶을 살았다. 내가 프리다 칼로로 되돌아갔다면 어떻게 하였을까.

수술이라는 말만 생각해도 끔찍하다. 십 년 동안에 한 번 수술이 세 번을 낳았다. 몸은 굳어지며 냉하여 혈액순환도 원활하지 못하다. 요즈음 나는 질병을 친구처럼 삼고 있다. 나의 약점은 달리기할 수 없다. 달리지 못하면 평지라도 천천히 걸으면 될 것이고 조급해하지 않겠다. 못하는 운동은 접어두고 내가 할 수 있는 일만 잘하리라.

프리다 칼로의 자서전과 그림을 보면서 남은 삶은 즐겁게 지낼 방법만 찾아야 하겠다. 내 영혼이 한 줌의 이슬로 사라져도 다음 생을 기약해본다. 나보다 더 아파하는 사람들도 많겠으니 위안을 주고 슬픔도 잊히게 글을 써 보리라. 파란 하늘에 흘러가는 구름 위에 앉은 듯 몸이 가볍다.

〈2017.12. 백록수필 18호 게재〉

경계에서

천천히 또 다른 세상을 향해 발걸음을 옮겨놓기 시작했다.
그 순간, 질문 하나가 나를 향해 걸어오고 있었다.
"나는 지금 어디로 가고 있는 것일까?"

오랜만에 동료 작가들과 김창열 미술관을 찾았다. 외국에서 '물방울 화가'로 이름을 날리던 작가는 제주도에 작품을 기증하자 도립미술관으로 조성하여 문을 열게 되었다. 제주도에서는 김화백의 큰 뜻을 기리기 위해 한경면 저지리 곶자왈 예술인 마을 입구에 아담한 상설 전시관으로 화답하였다.

화가는 한국전쟁 때 피난 내려와 한 해 반 동안 제주에서 살았다. 프랑스와 미국에서 작품활동을 하면서도 고향이 그리워 제주의 인연을 기억하고 있었다. 갤러리는 물방울을 담는 상자를 형상화한 듯 검은색 현무암으로 쌓아 올린 사각형 건물이다. 미술관 입구에 도착하자 거장의 작품에 대한 궁금증으로 심호흡이

빨라지며 발걸음을 재촉하였다.

작품 〈제사〉 앞을 지날 때였다. 어두운 흙무덤 속에 묻힌 관이 보였다. 캄캄한 어둠 속에서 관은 검은색으로 변하여 그 형태를 잃어갔다. 아마도 관과 주인이 자신의 본질로 돌아가고 있을까. 아니, 그 형체를 잃어가고 있는 물질들이 한 점 물방울로 변하여 다시 자신의 본향으로 돌아가는 것이리라. 내가 이 그림에 빠져들 무렵, 문득 열흘 전 장례를 치른 작은어머니 모습이 떠올랐다.

작은어머니는 대장암 말기 환자였다. 늦게 발견되어 수술도 제대로 못 해보고 대학병원 암 병동에서 삼 개월을 보냈다. 남편은 어린 시절 계모의 고통은 잊어버린 채 이틀에 한 번 정도로 자주 다녀왔지만 나는 그러지 못하였다. 찾아뵐 때마다 이상한 공포심이 일면서 머리끝이 쭈뼛거렸다. 가족들은 작은어머니가 편안한 죽음을 맞게 하려고 종교시설 병동으로 옮겼다.

입관 절차를 밟고 있을 때였다. 유족 중에서 여성 한 사람 필요하다는 요청에 내가 선뜻 자청하였다. 임종을 지키지 못한 미안함 때문이었다. 하얀 한복을 입고 작업대에 누워있는 고인은 생전의 모습 그대로였다. 나의 역할은 봉사단이 고인의 육신을 소독하고 수의로 입히는 동안 움직이지 않게 머리를 붙잡아 도와주는 일이었다. 처음 해보는 일이라 두려웠지만, 장기간에 걸친

이복 동서의 힘든 병간호에는 비할 바가 못 되었다.

맞은편에 걸려있는 작품 〈제사Ⅱ〉는 캄캄한 지층 속의 어둠에 싸인 관 모습을 그렸다. 조금 전의 작품보다 관이 더 허물어져 있는 것으로 보아 물질이 본질로 돌아가는 경계의 상황인 듯싶다. 그 경계에서 연기緣起와 윤회輪廻의 법칙이 일어나고 있는 것은 아닌지 모를 일이었다. 만물은 결국 한 점 물방울로 변한다. 우주의 본질 세계로 돌아갔다가 다시 물방울로 솟아올라 새로운 생명을 탄생시키는 것은 아닐까. 난해한 그의 추상화 앞에서 나는 한동안 발걸음을 떼지 못하였다. 물방울은 그가 평생 찾아온 본질 작용을 함축적으로 역설하고 있다는 느낌이 들었다.

하얀 수건이 망인의 머리 위에 덮였다. 나는 무서움에 눈을 지그시 감고 부처님께 기도하는 마음으로 중얼거렸다. 살면서 고인의 마음에 들지 않았을 나의 행동도 많았을 것이다. 부동자세로 서 있으니 허리도 뻐근하고 어깨와 팔이 지끈거려왔다. 영안실에서 나온 시신이니 차가움으로 양팔이 시려왔다. 한 시간 이상이나 눈을 감고 '나무아미타불'을 암송하자, 어느 순간 망자의 육체가 분리되는 상상이 떠올랐다. 삶과 죽음은 종이 한 장 차이라더니 작은어머니는 그때 죽음의 강을 건너고 있었을까.

세 번째로 눈길을 끈 것은 얽히고설킨 천자문 바탕에 그려진 물방울이었다. 작품명 〈회귀〉. 작가를 본질로 이끌려던 언어의

탄식이 물방울로 추상화된 것은 아닐까 싶었다. 문자로도 표현할 수 없는 것이 본질이라면, 화가가 어린 시절 배웠던 천자문도 해체 시켜야 마땅하리라. 〈물방울 삼부작〉은 새로운 생명을 머금은 잔잔한 물방울이 화면 가득 채우고 있다. 아침 햇살을 받은 경이로운 물방울은 아우성치듯 솟아올라 포도송이처럼 화면 가득 매달려 있다. 그가 그린 회귀의 물방울 속에는 자신에게 처음으로 문자와 의미를 가르쳐준 할아버지에 대한 그리움이 눈물로 맺혀있는 것만 같았다.

염습殮襲자가 고인의 머리카락을 닦아내기 시작했다. 나는 이승을 떠나는 고인의 마지막 머릿결을 곱게 빗겨 드리고 싶어서 염습자가 쥐고 있는 머리빗을 받았다. 사십 년 동안 내 가슴에 쌓인 미움과 원망을 다 털어내려고 정성을 다해 빗질하였다. 생시에는 차분하게 달라붙은 머리카락도 생명력을 잃으니 금방 흩어지기를 반복하였다.

볼을 타고 흘러내린 눈물 한 방울이 시신의 이마에 툭 떨어진다. 그때 복도에 자리한 광양 성당 찬양대의 찬송가가 높게 울려 퍼지기 시작했다. 작은어머니는 그렇게 한 줌 흙으로 돌아갔다. 향년 90세. 누가 인생을 무상이라 했을까. 머지않아 그의 육신도 해체되어 한 점 물방울로 변한 뒤 본질의 세계로 회귀하리라 믿는다.

작품 〈제사〉를 감상하는 동안 내내 탄생과 죽음의 허망함을 떠올렸다. 죽음의 고통스러운 모습도 현자賢者에게는 두렵지 않고 신자信者에게는 종국이 되지 않는다고 했던가. 극사실적으로 그린 영롱한 물방울 하나가 금방이라도 떨어질 듯 위태롭게 매달려 있다. 물방울의 생동감을 확인하고 싶어서 가까이 다가갔다. 순간 캔버스에 매달린 물방울은 입체성을 잃고 흔적만 남아있다. 나의 수행력이 짧아 본래 모습을 보여줄 수 없다고 하는 것만 같다.

　　작은어머니와 나누었던 언어들은 어느덧 강물이 되어 도도하게 흐르기 시작했다. 고인은 벚꽃이 만개한 날, 꽃비를 맞으며 떠나갔으니 영생토록 꽃길을 누렸으면 좋겠다. 삶은 무엇이고 죽음이란 무엇인가. 우리는 어디로 가고 있는 것일까. 이런 자문에서 빠져나오자 화가의 마음이 따뜻하게 느껴지기 시작했다.

　　미술관 밖에는 모처럼 따뜻한 봄볕이 쏟아지고 있었다. 오랜 시간 먼 여행을 다녀온 기분이 든다. 선글라스로 햇살을 가리며 천천히 또 다른 세상을 향해 발걸음을 옮겨놓기 시작했다. 그 순간, 질문 하나가 나를 향해 걸어오고 있다.

　　"나는 지금 어디로 가고 있는 것일까?"

〈2017.4. 수필과 비평 게재 / 2017.5 김지헌 교수 월평〉

그때 그 양철집은

무엇이 이토록 마음을 닫게 했을까.
가족이 선불리 그곳을 찾지 못하는 이유를
되새겨 본다.

　골목길에는 정취가 스며있다. 제주 돌담으로 조성된 골목길은
바람이 지나가며 액운을 걸러주라고 구부러지게 하였다. 담 구
멍은 큰 돌을 쌓아 경계 삼으면 바람이 들고 나는 트멍이다. 골
목을 에둘러 지나야 삼십여 가구가 옹기종기 모여 사는 그들의
집에 갈 수 있다. 기와집과 초가집이 섞인 시장 동네이다.

　오래전, 생필품 장사로 거부巨富가 된 친척 할아버지는 동문
시장 입구에 땅 천여 평을 사두었다. 할아버지의 소원은 도서관
을 지어 제주도에 기증하는 일이었다. 아버지에게 시민회관 인근
에 제주도서관을 짓는데 책임자로 일하게 하였다. 그 공로로 아
버지한테 동문시장 안의 백여 평 집터를 물려주었다. 할아버지

집 문간방에 살았던 우리 가족은 대문이 없는 집을 지었다. 아버지는 마당에 철봉을 설치하고 울담 아래에는 토종채송화와 봉숭아를 심었다. 땅에 납작 붙은 빨간 채송화는 내 성장 시절과 함께 피고 지고 하였다.

집 지을 때 상량문이 적혀진 굵은 대들보가 용마루에 올라간 일을 기억하고 있다. 붉은 수탉은 줄에 묶인 채 용마루까지 올라갔다. 큰소리 한 번 "쾌객." 지르더니 붉은 피를 흘리며 땅에 떨어졌다. 아버지는 제주 돌을 쌓고 진흙에 짚을 섞어 흙집을 만들었다. 지붕은 양철로 덮여 비가 오면 굵은 빗방울 소리도 들렸다. 우두둑 떨어지는 소리는 천둥 같았지만, 차차 익어졌다.

비 피할 정도의 외형이 갖추어지자 일찍 이사하였다. 다섯 식구는 방 한 칸에서 살다가 두 개의 방과 마루, 부엌이 만들어지니 운동장 같았다. 방과 방 사이, 문과 마루 사이의 나무로 된 문도 손수 짰다. 마루 구석에는 아버지 연장통인 긴 상자가 있었다. 비 오는 날에는 콧노래 부르며 톱 줄과 대패 손보기를 일삼았다.

날이 굵은 톱과 가는 톱은 연장통 구석에 자리했다. 톱날은 한쪽 방향 사선으로 줄칼로 밀어야 톱니가 꺾이지 않고 나무 자르기에 좋았다. 여러 자루의 톱은 연장통에 대기하고 있었다. 대팻날 두 개는 대패 가운데 자리하여 앞날과 뒷날을 회색빛 숫돌에 갈았다. 밀고 당기며 대패질할 때 굵고 가는 대팻밥은 대패 구멍으로 국수 같이 말려 나왔다. 마당에서 대패질하면 나무는 매끈한 몸체가 되고 대팻밥은 불쏘시개로 한 포대 만들어졌다. 톱과 대패는 인생의 이치를 닮았다.

친정어머니는 구백여 평 되는 밭에 호박과 마늘을 심었다. 누런 호박은 국도 끓이고 여러 가지 요리로 사용되었다. 호박잎은 또 어떤가. 어린잎을 솥에서 쪄내면 된장과 어울린 특식이었다. 농사지은 채소는 이웃 사람에게 나누어 주었다. 동문시장 안 상인은 애호박과 호박잎을 사러 왔다가 호주머니에서 쑥갓 씨앗을 건넸다.

쑥갓은 처음 보는 채소였다. 쑥처럼 생겼으나 부드럽고 고급 요리인 회무침이나 일식 요리에 많이 사용하였다. 상인은 주문이 밀리면 우리 밭에서 직접 캐기도 했다. 어머니는 짭짤한 소득에 일 년 내내 쑥갓 농사를 지었다. 계절마다 한 번씩 파종하였다. 대가 올라오기 전에 새 단장으로 어린 쑥갓 만들기에 힘썼다. 겨울이 되면 생장점이 느리고 추위에 약하여 끝이 검게 타들어 갔다. 동생들은 추운 마루에서 깨끗하게 쑥갓잎 다듬는 일을 했다.

그 집에서 동생 네 명이 태어났다. 맏이인 나는 동생을 업은 채로 어둠이 내릴 때까지 빌려온 〈안네 플랑크의 일기〉 책에 빠지기도 했다. 등잔불도 깜깜한 밤이 되어야 컸다. 남동생은 네 살 때 국민 교육 헌장을 암기했다. 형과 누나의 음성만 듣고 책받침에 새겨진 한글도 모르면서 거꾸로 들고 외웠던 모습이 눈에 선하다. 집 안에서 동생들 웃는 소리가 골목길까지 퍼지면 싸운 줄 알고 이튿날에는 이웃집 사람이 찾아왔다.

단란했던 가정은 아버지가 위 수술하면서 내리막을 걸었다. 내가 생활전선에 나설 수밖에 없었다. 주경야독하며 적금을 부었다. 만기가 될 즈음, 아버지 수술비를 부담하니 대학교 입학금은 사라져 앞일이 막막하였다. 동생들 수업료도 내가 줘야 할 분위기여서 공무원 길을 택하였다.

수술 후, 3년 정도 흘렀을까. 아버지는 회복단계에서 일어나지 못하고 가족을 남긴 채 세상을 등졌다. 차일피일 미루던 토지 등기는 삼촌의 잘못된 보증으로 전체가 날아가 버렸다. 아버지의 죽음에 이어 들이닥친 불행이다. 어머니는 엎친 데 덮친 격으로 나를 시집보냈다.

동문시장은 변화하며 내팟골 다리와 길도 넓어지고 사통팔달되었다. 오래전에 사라진 집터를 찾아간다는 일은 곤혹스러웠다. 지난至難한 삶을 돌이키고 싶지 않아 그곳으로 향하지 못했다. 서울에 사는 동생이

"언니, 제주 떠나고 몇십 년 만에 옛날 집터에 가봤더니 몰라보게 변했던데. 가 봤어요?"

"아니."

어머니의 옹이 진 삶이 올라오는 듯하여 내 발걸음이 떨어지지

않았다. 나를 시집보낸 일은 당신의 고생을 대물림하고 싶지 않은 단순한 마음이었다. 나는 어리석게도 부모 말만 잘 들으면 효녀인 줄 생각했는데 돌이킬 수 없는 불효였음을 나중에 깨달았다. 어린 나이에 충격받은 동생을 헤아리지 못했다. 마음에 간직한 심적 고통이 내 가슴 구석에 남아있다.

옛터에 찾아갔다. 동네 한 바퀴를 둘러보았다. 영락교회 윗마을로 오르던 지름길 계단도 좁아 보인다. 쑥갓을 심었던 공터에는 상인용 주차장이 되었다. 아버지가 그넷줄을 매어 주던 큰 나무 한 그루만 남았다. 어머니도 이 세상에 없다. 무엇이 이토록 마음을 닫게 했을까. 가족이 섣불리 그곳을 찾지 못하는 이유를 되새겨 본다.

골목 끝 기와집을 바라보았다. 부의 상징이었던 검은 기와집도 허술해졌다. 빈부의 격차를 느끼며 성공하리라 다짐하던 양철집도 없다. 소방도로가 생기면서 집이 헐리거나 부잣집 주인도 바뀌었다. 잡초밭을 일구어 채소밭이 생기고 사라짐도 한 세대 안에 있고 부와 권력의 상징이었던 기와집도 무너졌다. 생겨남과 사라짐은 무엇일까.

동심만은 그때 그 양철집 안에 가두고 있다.

<신작>

덕담

은같은 손과 금같은 손으로…
어릅씰멍 키와줍서
할망아기 키와줍서
할망조손 키와줍서

　펜데믹으로 가족 간 영상통화만 늘었다. 막내 손자는 초등학교 가입학식이 있어서 이틀 밤을 같이 했다. 손자는 말하는 어휘 단어가 많이 늘었다. 배밀이에서 어린이집 가방 메고 뒤뚱거리던 아이가 아니다. 오랜만의 만남부터 강하게 안기고 같이 살고 싶다는 애교도 덧붙인다. 다음 날 아침 일찍 일어나자마자 문안 인사를 하며 내 팔에 안겨 왔다.

　"할머니, 왜 저한테 전화할 때마다 장군이라 했어요? 장군멍군으로 장난치고 있나요?"

　순간 내가 뱉은 덕담이 잘못되었는지 반추한다.

　손자는 말을 알아듣기 시작할 무렵부터 영상통화를 할 때마다 형과 누나보다 먼저 인사하려는 쟁탈전을 벌였다. 처음엔 장군은 의젓해야 한다고 칭찬하면 울음을 뚝 끊었다. 뼈대도 굵고 언성도 힘찼기에 애칭으로 장군이라 자주 불렀다. 개구쟁이의 누나와 싸우지 말라는 나의 간곡한 바람이 깃든 칭찬이었다. 손자의 질문에 생후 2개월 무렵의 일이 스친다.

무더위가 연속이던 어느 날, 아들과 며느리는 급한 외출을 하게 되었다. 육아 두 시간을 내가 대신 맡았다. 모유를 미리 짜둔 젖병도 냉장실에 몇 개 넣어두고 애기 구덕을 흔들어주면 잘 잔다고 하였다. 자고 깨고 먹이기를 계속하는 아기가 엄마 찾아 울게 되면 난감할 듯하다.

거실 에어컨 소리는 잠이 깰 듯한 두려움이 앞섰다. 아기는 에어컨 바람보다 자연 바람을 이용하면 오래 잘 것 같다. 에어컨을 끄고 베란다 문을 열어 구덕을 옮겼다. 아기는 한 시간이 지나자 머리를 양쪽으로 돌려대며 기지개도 켜려 한다. 우윳빛에 천진난만의 표정이다. 평소 같으면 일으켜 안아주고 팔과 다리도 꾹꾹 눌러주고 기저귀도 갈아줄 터인데 조심조심 흔들었다.

제주 사람은 구덕을 옆에 끼고 살아왔지 않은가. 나의 경험상 아기 키울 때 도움 된다며 며느리한테 제일 먼저 선물하였다. 삶의 일부이기도 하여 대 구덕에서 시작한 요람이 철 구조로 만들어 전통시장에서 판매하고 있다. 손자가 태어나자 커버까지 제작하여 선물하니 예쁜 침대로 변신하였다.

대 구덕은 박물관에 전시되어 있어 생각만 하여도 아련하다. 장방형 구덕은 대나무로 짜여 일 미터 길이다. 높이가 30cm가량 되게 중간 내부에 칡넝쿨로 얽어매고 보리낭을 깔아 포대기 깔판을 넣었다. 칡넝쿨은 균형을 잡아 중간 철사 역할을 했고 보리낭은 보온과 통기성이 좋아 아기가 오줌을 싸도 구덕이 썩지 않았다. 아기의 체중이 증가하면 보리낭이 눌려져 교체해주었다. 구덕을 흔들면서 손이 닿았던 가장자리 대나무가 하나씩 떨어져 나가면 헝겊을 감거나 풀을 바르기도 하였다.

제주에서는 아기가 태어나 삼사 일이면 구덕에 눕혀 흔들어 재웠다. 오른팔은 바구니의 바깥쪽에 대고 왼팔은 가슴 근처의 안쪽 손잡이를 잡고 흔들었다. 어머니는 밭에 김매러 갈 때도 구덕에 눕힌 채 지고 갔다. 밭 귀퉁이 그늘진 곳에 구덕 놓고 일하다가 시간 맞춰 젖을 물렸다. 아이 낳고 재우는 일 자체가 여성의 의무여서 구덕은 어머니의 삶과 운명을 같이해 왔다

며느리는 예정된 두 시간이 지나도 오지 않는다. 집을 나선 지세 시간이 지나가고 네 시간이 가까워진다. 같은 자리에 앉아 구덕을 흔들어대는 나도 못 견디겠다. 현관문 열리는 소리만 의식하고 있다. 꾸물거릴 때마다 자장가도 불러주고 '섬 집 아기'와 '등대지기' 생각나는 동요는 전부 느리게 들려주었다. 베란다를

통하여 불어오는 바람 또한 얼굴을 간지럽힌다.

> 윙이 자랑 자랑자랑자랑/ 자랑자랑 윙이 자랑/ 우리 아기 자
> 는 소린 줌 소리여/
> 노는 소리 글 소리여/ 자랑 자랑 자랑자랑/할마님아 할마님
> 아/ 어진 애기 키워 줍서/
> 물웨 크듯 키와 줍서/ 춤웨 크듯 키와 줍서/ 자랑 자랑 윙이
> 자랑 윙이 자랑/
> 윙이 윙이 윙이 윙이 윙이 자랑/
> 할망 주손 재와 줍서/할망 아기 재와 줍서/든밥 멕영 키와 줍
> 서/든 줌 재왕 키와 줍서/
> 어지시던 할망 아기/ 할마님이 궤양 궤양 키와 줍서/ 어지시던
> 할마님으로/
> 못 홀 일이 실카보우꽈/은 그튼 손으로 어릅씰멍 키와 줍서/
> 금 그튼 손으로 어릅씰멍 키와 줍서/ 할망 아기 키와 줍서/ 할
> 망 주손 키와 줍서/

- 윙이 자랑 사설 전문 -

오랜만에 친정어머니가 들려주던 다양한 사설을 기억하며 불러
보았다. 의료시설도 허술한 시절에 삼승 할망을 부르고 찾으며 덕
담으로 소망했다. 은 같은 손과 금 같은 손으로 키워 달라는 사

설은 큰 인물로 성장하라는 덕담이다. 구술 문학으로도 전해지는 이유다. 손자에게 바라는 마음이 듬뿍 담긴 조상의 소리였다.

허리를 펴지 못하게 아플 즈음 손자도 깨어나고 며느리도 들어 왔다. 며느리가 허겁지겁 당황하던 그때의 모습을 잊을 수 없다. 허리 수술 후 바닥에 오래 앉지 못하는데 아기구덕 흔드느라 네 시간 만에 기어서 화장실로 갔다. 그때부터 장한 손자로 여겨 장군이라 부르기 시작했다.

가입학식 하는 운동장에 들어섰다. 코로나19로 면접하는 선생님이 간격을 많이 띄우고 운동장 가에 자리했다. 선생님이 대여섯 가지 질문을 하자 손자는 또박또박 말하고 있다. 옆줄에 서 있던 동기생은 유치원 친구인가 보다. 면접이 끝나자 둘은 얼싸안고 빙글빙글 돌고 달리면서 술래잡기 놀이하고 있다. 막내 손자는 소심했던 그 친구조차 좋은 사이로 바꿔 놓았다. 눈에 넣어도 아프지 않을 아이로 변신 중이었다.

부메랑이 되어 날아간 '장군이 될 것'이란 덕담이 칭찬받는 아이로 성장하고 있다. 손자는 장기판에서 적장을 빼앗는 놀이가 장군 멍군인 것도 알고 있다. 나는 막내 손자에게 어른이 될 때까지 장군이라 부르겠다.

〈2022.5.7. 제수비동인지 8호 게재〉

삶이란

집착과 번뇌를 버리고 내려놓기를 해도
꺼내어 볼 수 없다.
언제쯤 가슴 속 검은 그림자는 사라지려나.

지하 주차장에서다. 남편과 병원에 다녀오는 길이었다. 빽빽한 공간에 가까스로 주차하였다. 앞뒤로 왔다 갔다 연거푸 하며 어렵게 세웠다. 겨우 뒷정리하고 나오니 남편이 우두커니 가운데 서 있다. 어느 때 같으면 먼저 엘리베이터로 올라갔을 터인데 미안한 마음에 손을 잡았다.

남편 손바닥의 도톰한 곳에 내 손이 맞닿았다. 얼마 만에 잡아보는 손인가. 기다려줘서 고맙다는 인사 대신 남편의 엄지손가락을 비볐다. 빙긋이 웃고 있던 남편이

"정말 고맙다. 오랜만에 잡아보네?"

뜻밖에 내 가슴은 찡했다. 몇 년 동안 나와 시어머니의 병치레

로 남편에게 따뜻한 말 한마디 건네지 못했다. 무얼 하며 살아왔
는지 도리질 친다. 어찌하여 이 사람은 나를 선택한 별이었는지
주마등처럼 스치고 있다.

젊은 시절, 밤 열 시가 가까워지는 시각에 골목 어귀를 돌아가
려는데 동네 가게 언니가 불러 세웠다.

"너, 이제 오니? 어떤 남자 두 분이 여덟 시도 안 되어 너희 집
을 물어서 가르쳐 주었는데…." 머리끝이 바짝 솟아올랐다.

현관문을 열고 들어서니 낯선 사람이 앉아 있어 놀랄 수밖에
없다. 세 시간 정도를 한자리에 그냥 앉아 있다는 말에 어안이
벙벙하였다. 과외를 규칙적으로 하는 줄 모르고 다 큰 처녀가 밤
늦게 놀다 온 줄 알까 봐 감정처리를 할 수 없다.

친정아버지가 돌아가신 지 몇 달 되지 않을 때였다. 그동안 그
이와 나는 백일에 걸쳐 하루도 거르지 않고 초저녁에 차 한 잔을
나누는 시간을 가져왔다. 갑작스러운 아버지의 영면으로 슬픔에
차 있을 때 그는 위로금을 타인에게 보내왔다. 나한테는 큰 부담
의 금액이었다. 사소한 감정으로 헤어지기로 하고 얼마 넘지 않
은 때였다. 동생 공부시켜야 할 가장이 된 마당에 무슨 연애냐고
자책하였다.

"어떤 일이세요? 미리 연락이라도 하던지…. 우리 끝내기로 한
사이 아닌가요?"

남편은 가만히 앉아 있고 시아버지는 친정어머니한테 극구 사정하고 있다.

"형편상으로 염치없지만 딸 가진 부모는 아무 때 하여도 시집 보낼 것 아닙니까? 그럴 터이면 내 며느리로 삼고 싶습니다."

그때까지도 남편은 아무 말이 없다.

시아버지 처지에선 일찍 퇴근하는 아들의 낌새에 이상함을 느껴 앞장세우며 왔다는 설명이다. 나는 어르신이 무슨 죄일까 싶으니 미안해지기 시작하였다. 시아버지는 지금처럼 직장을 다녀도 좋다는 말과 고생시키지는 않을 것이라는 설명에 친정어머니는 망설이고 있다.

마침 외할머니가 집에 온 지 며칠째 된 때였다. 외할머니는 첫 중매를 마다했던 친정어머니의 예화에 사주단자 주라며 한 수를 거들었다. 죽을 만큼 사랑을 앞세운 것도 아니고 어른끼리 말맞춘 결혼이다.

결혼 후, 살아간다는 일이 그리 녹록하지는 않았다. 위 수술 받은 줄도 모르고 결혼한 터라 자주 병원 신세를 지면서 여러 가지가 혼란스러웠다. 계획대로 된 건 아무것도 없다. 보따리를 몇 번이나 쌌다가 풀었을까. 남편의 건강을 되살리기 위하여 좋은 직장도 그만 두었다. 십여 년간은 육아에 전념하였다. 몸에 좋다면 여러 가지 요법을 좇아다닌 세월이 있었기에 지금이다.

시아버지는 나의 버팀목이 되어 주었다. 정신적인 지주였기에 친정아버지처럼 모시며 살았다. 어려운 일이 있을 때마다 먼저 내 의견을 들어보고 생각을 결정하였다. 4대가 제사 명절을 한곳에서 지내는 장손 며느리가 되어 보니 치러야 하는 일조차 어찌 헤아릴까. 일본과 제주에 산재한 아버지의 형제는 내가 결혼 후 왕래가 시작되자 더욱 북적거렸다. 사남 사녀에 증손자까지였으니 바쁜 날이 많았다.

시할머니가 삼 년 동안 치매를 앓자 시아버지는 극도로 스트레스를 받았던 모양이다. 식구가 많다 보니 생로병사는 동시에 일어나듯 하였다. 그럴 때마다 나의 가슴에는 묵직한 돌이 두어 개 얹어졌다. 할머니가 돌아가신 후 아버지는 암으로 고생했다. 남편과 나는 시한부 진단 6개월을 무색하게 2년이나 더 모셨다.

내가 다니는 사찰의 주지 스님은 법문 중에 '고령이 된 부모님이 계신다면 최고로 행복한 가정이다. 부모 모시기를 부처님 섬기듯 하라. 병들어서 괴로워도 부모 공양이 최고다.'라고 하셨다. 고생하는 부모님을 잘 모시며 마음 편하고 즐겁게 한 후에 영가천도를 해야 자신에게 복이 오는 법이라 설법하셨다. 효는 실천하지 않고 자신에게 복이 오게 해달라는 기도는 공덕도 없을 것이라 힘주어 말씀하였다.

돌이켜본다. 삶이란 무엇인가. 사랑을 지속할 힘은 어디에서 나왔을까. 시부모님은 지방 문턱을 몇 번이나 넘나드는 위기 속에서도 끝끝내 내 손을 잡아주었다. 보이지 않는 돌 그림자는 이미 내 가슴 속에 들어앉았다. 집착과 번뇌를 버리고 내려놓기를 해도 꺼내어 볼 수 없다. 언제쯤 가슴 속 검은 그림자는 사라지려나.

남편은 밤늦게 막걸리 한잔하다가 무슨 마음이 들었는지 문자를 보냈다.

"고미선씨, 고마워요. 나의 각시가 되어 주어서."

남편은 평소에도 애정 표현을 못 하는 무뚝뚝한 남자다. '수고했어.' 정도거나 빙긋이 웃는 일이 전부인 사람이다. 사십 년이 넘는 결혼생활에 애정이 담뿍 담긴 문자는 온몸을 사르르 녹게 한다.

그때 시아버지와 남편이 어두운 밤에 찾아오지 않았더라면 그의 따뜻한 손을 잡을 수 없었으리라. 무슨 생각이 들어서였을까.

〈2021. 수필과 비평 12월호 게재 / 2022.1. 유한근 교수 월평〉

솜씨

어머니의 존재는 어떻게 와서 순식간에 가버렸을까.
솜씨 좋은 어머니 손을 만져 보려 허공을 가른다.

　꿈을 꾸었다. 법당에 앉아 계신 스님은 붉은 천을 펼쳐서 만지고 있다. 친정어머니는 좌복을 깔아 삼존불을 향하여 백팔 배를 하고 있다. 작은 체구에 합장하고 몸을 일어섰다 구부리며 납작 엎드리기를 반복한다. 바람이 이는 줄도 모르게 이마를 바닥에 대며 절하고 있다. 기도를 마치자 노스님 근처에 삼 배의 예를 갖추고 앉았다.

　회색 옷은 정감이 들었다. 어머니 생전에 큼직하게 만들어 몇 번 입지 않았다며 나에게 준 옷과 비슷하다. 노스님이 자르는 붉은 천은 어느새 조각조각인 채 수북하게 쌓였다. 대여섯 명의 보살은 바늘과 실을 준비하여 시키는 대로 바느질하며 검사받는다.

깜짝 놀라 깨어났다. 머리에 땀이 흥건하다. 어머니가 가신 지 얼마 되지 않았는데 옆모습만 보이다니. 새벽이 되려면 한참이나 남았는데 이를 어쩌나. 그곳에서도 바느질하는지 오로지 자녀를 향한 기도에 변함이 없다. 어쩌면 젊은 시절 어머니가 했던 일이 그대로 꿈에 나타나서 소름 돋는다.

지금도 또렷하다. 친정아버지는 한국전쟁 후유증으로 마흔다섯 나이에 돌아가셨다. 목수였던 아버지는 지인의 집을 지어주고도 인건비를 제때 받지 못했다. 칠 남매를 남겨두고 변변치 않은 생활에 어머니는 살아가기가 막막하였다. 그나마 고모할머니가 운영하는 사찰의 재일이 되면 자주 부름이 있었다. 어머니는 손맛이 뛰어나서 신도들 입맛을 잘 맞추었다. 바깥 생활하게 된 처음의 일이었다.

어느 날, 사라봉 보림사에서 제주 도내 전체 스님에게 전달할 가사 불사 공양이 있었다. 보림사에서는 일손 봉사해 달라고 각 사찰에 지원 요청하였다. 고모할머니 절에서는 어머니를 추천하였다. 할머니는 울력에 참여하는 일도 한가지 원을 세워서 임하라고 말했다. 어머니는 장사에도 소질 없으니 할머니가 시키는 대로 따를 뿐이었다.

어머니는 한 달 동안 보림사로 출근했다. 고등학교 일 학년이던 남동생의 진학을 위하여 기도하는 마음으로 가사를 세 벌이나 손바느질하였다. 큰 스님이 재단해주는 대로 작은 땀으로 일정한 홈질이었다. 세 번째 솜씨 좋은 바느질은 어머니가 유일하게 뽑혔다. 어머니는 스님 바로 곁에 앉아 쪽수가 제일 많은 가사를 시키는 대로 바느질하였다. 쪽수가 많은 가사는 법력이 높은 스님에게 공양한다. 그 가사는 붙이는 법칙대로 위치 변경이 까다로워서 시간조차 많이 걸렸다. 자투리 천이 하나도 남지 않는 제작법이었다.

신도들은 홍포 가사를 다 짓자 제주시 시민회관에서 머리에 이고 정대불사 하였다. 그 공덕이었는지 남동생은 S 대에 합격했다. 나의 불심 계기도 어머니 따라 머리에 정대하고 회향하는 모습을 보면서 돈독해졌다. 그 후에는 사찰에서 손수 가사 짓는 불사를 본 적이 없다.

이마에는 한두 해 사이에 깊은 계곡이 패었다. 아버지가 뿌린 씨를 거두기 위하여 수심인들 없었으랴. 장맛과 김치맛은 특출하여 어머니의 솜씨로 연례행사처럼 나누어 주었다. 어머니 손길만 닿으면 생명을 품고 나왔다. 반세기가 넘도록 한결같은 손맛이었다.

친정어머니는 백 살도 더 살 것 같았지만, 큰 변화가 삽시에 찾아왔다. 눈에 보이게 달라진 점은 하체가 갑자기 왜소해 보였다. 아픈 곳은 없다더니 소화불량이 나타났다. 등이 바늘로 찌르듯 아프다면서 병원을 찾았다. 조직검사 결과는 수명이 한 달 반밖에 남지 않다는 진단이다. 췌장암 말기로 진행되어서야 발견되었다. 청천벽력이란 말이 실감 나지 않는다. 췌장 기능이 차츰 멈춰지니 일반 식사를 하지 못했다. 부드러운 죽도 소화되지 않았다.

젊은 시절 자주 해 먹던 쉰다리를 주식으로 삼았다. 좋은 누룩으로 발효하여 이틀에 한 번씩 쉰다리를 만들었다. 걸러낸 쉰다리는 병에 담아놓고 컵에 따라 드셨다. 곡물이어서 덜 배고프다는 이유였다. 숨이 멈춰지는 시간까지 동생들과 번갈아 가며 식사에 조력했다.

어머니는 망사주머니를 꺼냈다. 주머니는 촘촘하여 쉰다리를 만들 때 필수품이고 어디에도 없는 유일한 어머니 표다. 주머니 허리에는 묶는 띠까지 매달아 내용물 넘침도 방지하였다. 언제 모아 놓은 망사인지 파는 삼베 주머니보다 단단했다. 하도 짜다 보니 아래 구석에 삭은 구멍이 생겼다. 쓰레기통에 버리려고 하자 그것조차 가져오라 했다. 눈이 뿌옇게 보인다며 나에게 시켰다. 터진 부분 자르고 위아래를 바꾸어 바느질하면 또 쓸 수 있다는 얘기다.

나는 입이 대자로 나왔다. 어머니는 정신이 너무 좋아서 태연하게 바느질을 시켰다. 나는 불만 섞인 표정으로 아무렇게나 바느질하였다. 갈 길이 얼마 남지 않았다는 의사의 말이 마음에 걸려 불안에 떨고 있는 참이다. 엉망진창인 내 솜씨에 화도 내지 않았다. 어머니 마음에 들지 않게 땀이 크고 작고 지그재그로 바늘만 뺐으니 오죽했으랴.

저녁 당번인 동생이 오자 주머니를 뜯어서 거듭 바느질시켰다. 그 주머니로 닷새나 쉰다리를 걸렀을까. 그렇게 빨리 가실 줄 알았다면 차분하게 했을 터인데 불효가 되고 말았다.

어머니는 혈압이 갑자기 떨어져 구급차에 실려 나간 뒤로 집에 돌아오지 못했다. 하루 전에는 간곡히 병원에 입원하자는 말에도 거절하였다. 여든여덟 살이 되도록 갈 길은 차마 짐작할 수 없었던 어머니….

침대 위에 이불깃까지 덧씌워진 이불이 가지런히 덮여 있다. 뒷모습이 아름다워야 한다며 누웠던 자리도 정리하고 병원으로 갔다. 어머니가 사용하던 바늘 쌈지를 열었다. 하트모양의 바늘꽂이도 직접 만들었다. 굵고 가는 실, 이불 바늘, 작은 바늘이 쌈지에 꽂혀있다.

어머니가 그립다. 마지막 쉰다리 한 모금조차 넘어가지 않는다더니 거실에 앉아 있던 그림자마저 사라졌다. 부모은중경을 보름 동안 매일 읽어 드리자 좋아하던 어머니 얼굴이 보고 싶다. 어머니의 존재는 어떻게 와서 순식간에 가버렸을까. 솜씨 좋은 어머니 손을 만져 보려 허공을 가른다.

〈2021.11. 동백문학 창간호 게재〉

이불

점차 포근한 솜이불의 느낌이 사라져 버렸다.
화학섬유의 발달은 사고 버리고를 반복하게 한다.
오늘도 나는 찰싹 감기게 포근한 솜이불을 덮고
숙면에 취한다.

  사람은 해가 뜨고 지기에 따라 신체활동을 한다. 잠잘 때 포근한 이불을 덮으면 하루의 피곤도 풀린다. 쾌면을 취하려면 여름이든 겨울이든 이불을 덮어야 한다.

  보일러도 없던 시절, 땔감을 많이 때야 온돌방이 따뜻했다. 새벽이 되면 온기가 떨어져 잠에서 깨어났다. 그나마 제주 목화솜 이불은 온기가 있어 따뜻하다. 외할머니가 재배한 목화솜 이불로 동생들과 발을 막고 잠자다가 새벽이 오면 서로 끌어당겼다. 주거생활의 발달로 연탄이 사용되면서 새벽 냉기는 사라졌다.

  제주의 결혼풍습을 소개하고자 한다. 신랑은 주거와 폐물을 담당하고 신부는 이불과 가구, 살림살이와 전자제품을 예단 삼았다. 결혼하려면 이불 걱정이 먼저였다. 내가 결혼할 때는 백화점이 없던 시기여서 부모님이 손수 마련해주었다. 신부예단으로 이불 몇 채 해 왔느냐, 가구는 어떤 종류를 해 왔는지 동네 사람이 구경 오기도 하였다.

결혼 일자가 가까워지자 친정어머니는 분주해졌다. 물려줄 재산이 없어도 제주 목화솜은 대물림하며 사용하라는 큰 뜻이 담겼다. 최고의 선물로 여겨 목화 재배하는 곳에서 가져오는 일정을 맞추었다.

목화는 꽃봉오리일 때 뽀얀 우윳빛이거나 분홍빛의 꽃을 피운다. 꽃잎 모양도 겹치기로 감싸고 있다. 꽃이 질 즈음 꼬투리인 꽃받침이 나무처럼 갈색으로 단단해진다. 줄기조차 나무가 되어 입을 벌리며 하얀 솜을 머금고 있다. 목화가 두 번 꽃을 피우는 과정이다. 농가에서는 비식용이어서 수확량도 많지 않아 점점 손길을 내려놓았다. 땔감이 귀하던 시절에는 목화씨를 따낸 후에 줄기와 껍질은 불쏘시개가 되었다. 입이 많이 벌어지면 포대가 넘쳐나므로 씨 목화를 담아 포대당 무게를 달아 팔았다.

친정어머니는 하루에 두세 번만 운행하는 시골 버스를 타고 중문 난드르까지 찾아갔다. 두세 집에서 재배한 것을 모아 대량으로 샀다. 그렇게 무거운 줄 처음 알았다. 화물차도 없던 시절에 버스에 싣고 제주시 터미널까지 옮겨야 하는 고생을 하였다.

다음날 우리 집 마당에 천막을 깔고 열 포대의 씨 목화를 널어놓자 탁탁 소리 내며 입을 벌려간다. 덩달아 하얀 솜이 요술 방망이처럼 부풀어 올라 오름이 되었다. 어머니는 뒤적이며 타작을 하였다. 손마디 크기 꼬투리에서 가벼운 솜이 계속 나왔다. 어느새 몽글몽글하여 뭉게구름이 되고 새털구름이 되었다. 솜틀공장에 가려면 밑받침을 빼내어 포대에 담았다. 목화솜은 대를 잇는 자산이니 중히 여기어 솜틀에 틀면서 사용한다.

　이불 다섯 채를 만들려고 동네 사람이 모였다. 이불 만드는 날은 신부가 봉투에 돈도 넣어 고마움을 전한다. 동문시장 포목점에서 마련해준 대로 이불 홑청은 두 폭을 이어가고 요 홑청은 한 폭 반씩 잇는다. 홑청 열 개를 만들어야 하니 여럿이 일한다. 솜싸개도 이불과 요의 용도대로 따로 만든다. 귀한 재봉틀까지 동원하고 실타래와 긴바늘은 필수였다.

　여인들은 솜싸개 천을 깐 후 솜을 열 장씩 넓게 펼쳐 올린다. 네 사람이 네 귀에서 말아 올리는 일에도 기술을 필요로 한다. 홑청을 펴놓고 솜을 싼 속 이불을 가운데 놓는다. 속 이불 위에는 장식 원단을 가운데 얹어 홑청 시접 분을 접은 후 네 귀를 사선으로 겹쳐 바느질한다. 반대편 손은 홑청 아래에 넣어 속 이불을 통과한 긴바늘이 깊게 나오면 빼내어 짐작으로 다시 바늘을 올린다. 아랫부분의 바늘을 뽑을 때 여러 차례 손에 찔린다. 이불과 요의 장식 원단은 비단과 공단을 사용하였다. 한 짝씩 이루면 청실홍실이 되기도 하고 보료가 된다.

혼사를 앞두고 이불 만드는 일에 금기되는 사항이 있다. 남편을 잃었거나 이혼한 사람도 이불 수눌음에 참여할 수 없다. 몸이 비려도 안 된다. 그러니 큰 부조로 여겨 이불을 만들 때는 단골로 불려가는 이웃도 있다. 어둠이 깔려야 이불 만들기는 끝이 났다.

시부모님 이불 한 채는 기본 예단이므로 이불 포에 곱게 싸서 가져갔다. 며칠이나 동네 사람에게 펴놓으며 자랑하였다. 시어머니는 십여 년이 지난 후에도 귀하게 여겨 이불장에 자리하였다. 시어머니께서 기존에 덮던 이불은 허접스럽게 얇으며 길이도 짧게 닳았다. 할머니로부터 물려받은 목화솜이라며 애지중지 덮고 있다.

친정어머니는 자수가 놓인 이불깃을 골라 주었다. 머리 쪽이 위로 가게 하는 표시라며 이불깃을 손수 달아주었다. 이불깃 쪽에만 빨리 더러워지니 간편한 방법으로 깃만 바꿔 달면 쾌적하게 유지하였다. 네 채의 이불은 이불장 안에서 짝을 지으니 이불 장식 원단, 요 장식 원단 색깔에 따라 화려하다. 잠이 잘 올 것 같다.

가을 햇살이 좋은 날 이불을 울담에 걸쳐 말린다. 위아래를 바꾸어 이불장에 넣는다. 어머니는 갑작스레 손님이 묵어갈 때를 대비하여 여분의 이불이 필요하다며 가르쳤다. 온돌방은 연탄보일러에서 기름보일러로 바꾸어지면서 이불의 두께는 얇아졌다. 십 년에 한 번 정도는 솜틀에 틀어서 조금씩 얇게 속을 넣고 새로 이불 홑청을 교체하였다.

제주인은 정이 많아 근면하고 수눌 정신이 강하다. 근면은 생활력이 강해지는 원동력이 된다. 수눌 정신은 수눌음으로 이어져 몸으로 때우는 일과 협동 정신에 기인한다. 수눌음은 협동공동체여서 일정에 불참하면 불이익을 당한다. 그러다 보니 마을의 사소한 일까지 꿰뚫어 있다. 경제가 바뀌면서 이젠 수눌음도 점차 사라져 가고 있다.

제주 목화솜도 서서히 자취를 감추었다. 동문시장에만 가면 모든 물품을 살 수 있다. 친정어머니는 동생이 결혼하게 되자 육지 솜으로 이불을 맞추었다. 육지 솜이불은 덮다 보면 어느 순간 틈새가 생겨 갈라지고 포근함이 덜하여 선호도가 바뀌어 갔다. 무겁고 딱딱해져 간 이유였다. 나는 지금도 솜이불을 얇게 만들어 사용하는데 동생들은 전부 버렸다.

세대가 바뀌며 며느리를 맞이하게 되었다. 아들만 둘인 나에게 사돈이 전화했다. 딸이 없으니 대신 시집보낸다는 기분으로 맘에 드는 것 장만해 달라는 배려였다. 며느리가 필요한 여러 가지 침구류가 선택되었다. 차렵이불을 고르고 침대 이불 세트 색상을 골라 달라 할 뿐이다. 사돈의 얘기대로 딸처럼 여겨지는 순간이었다. 며느리는 좋은 솜이불 한 채 선물하려는 속뜻이 있었으나, 나는 눈치 채지 못했다. 예단으로 이불을 해 온다 했을 때 수명이 다한 전자제품으로 대신 받았다.

손자가 태어났다. 장롱 바닥에 자리한 이불 한 채를 솜틀에 틀었더니 검정 씨앗이 간간이 박혀있다. 오랜만에 느껴보는 보드라움이다. 겉싸개를 면으로 만드니 하나뿐인 손자의 이불이 되었다. 기어 다닐 때 거실에 깔고 사용할 수 있게 얇고 넓은 매트에 솜을 넣었다.

점차 포근한 솜이불의 느낌이 사라져 버렸다. 화학섬유의 발달은 사고 버리고를 반복하게 한다. 오늘도 나는 찰싹 감기게 포근한 솜이불을 덮고 숙면에 취한다.

〈 2021.11. 수필광장 22호 〉

딸

딸

ㄹ 미 선

아들만 둘을 낳은 내가 입버릇처럼 하던 말이 있다.
며느리를 맞으면 딸처럼 아끼며 살겠노라고, 우여곡절
끝에 아들의 짝이 된 새아기는 젊은 시절 내 안의
태아 영가가 환생한 듯했다.

결혼식을 앞두고 웨딩드레스를 직접 골라주고
싶어서 사돈에게 부탁을 드렸다. 신정엄마의 마음이
이런 걸까, 가슴이 뭉클해진다. 키 큰 아들에 비해 왜소하
보이지 않게 하려고 드레스도 욕심껏 골라 입혔다.
예식 날, 하객들의 박수 속에서 새아기는 우아한
꽃처럼 빛이 났다.

나는 한 가족이 되기 위한 의식을 마치고 나온
새아기를 품에 안고 울로 다짐했다. 이 아이는
부처님이 보내주신 내 딸이리라, 그 순간, 가슴이
멀리에서 나와 새아기는 한 마음으로 다시 태어났었다.

아들만 둘을 낳은 내가 입버릇처럼 하던 말이 있다
며느리를 맞으면 딸처럼 아끼며 살겠노라고
우여곡절 끝에 아들의 짝이 된 새아기는
젊은 시절 내 안의 태아 영가가 환생한 듯했다

결혼식을 앞두고 웨딩드레스를
직접 골라주고 싶어서 사돈에게 부탁드렸다
친정엄마의 마음이 이런 걸까 가슴이 찡하다
키 큰 아들에 비해 왜소해 보이지 않게 하려고
드레스도 욕심껏 골라 입혔다
예식 날 하객들의 박수 속에 새아기는
우아한 꽃처럼 빛났다

나는 한 가족이 되기 위한 의식을 마치고 나온
새아기를 품에 안고 속으로 다짐했다
이 아이는 부처님이 보내주신 내 딸이라고
그 순간, 가슴이 열리면서
나와 새아기는 한마음으로 다시 태어났다.

〈시화전 참여작〉

Chapter_ 3

간다라를 찾아서

연꽃

덕지덕지 붙여 말리고 있었다. 방목했던 가축의 배설물은 대문 위에건 울타리 위에건 많이 쌓을수록 유목민에게 유일한 땔감이다. 설산이 많아서 가을 두어 달 동안만 땔감을 만들어야 한다.

백거사에 도착했다. 사천 미터 넘는 산꼭대기 백거사에는 달라이라마의 스승인 판첸라마가 공부하던 곳이다. 승려가 만 명이나 수도하던 큰 사원으로 알려졌다. 멀고 먼 시골에서 도착한 티베트 사람 모습은 검게 그을려 있다. 그들은 땅과 하나가 되게 오체투지를 반복하며 걸어왔다. 표정은 건조함 속에서 소소한 행복을 느끼고 있었다.

경내에 들어섰다. 일주문이 따로 없고 원통형의 글씨가 새겨진 기구에 손을 대면 통이 돌아갔다. 티베트인은 문맹인도 있어서 경전이 새겨진 마니차를 돌리고 나면 한 권을 읽었다고 여긴다. 원통형은 수십 개에 불과한 마니차에서 백팔 개에 이르는 마니차도 세워졌다. 마니차를 돌리며 작은 소리로 '옴 마니 반메 훔'을 외웠다. 그 진언은 내 귀에도 쉽게 들렸다.

신이 머무는 곳은 온통 백색 건물이다. 맑은 영혼으로 언제든 깨어 있으라 하고 있을까. 티베트불교는 오천 미터의 얌드록쵸[1] 같이 잔잔한 호수를 닮았다. 백거사 외벽 꼭대기에는 '제3의 눈'

---

1) 얌드록쵸: 해발 5,000m에 위치하여 설산에서 녹아내린 물이 고인 파란 호수.

이라는 신비한 '영안靈眼'이 그려져 있다. 공중에 걸려있는 거대한 눈에서 신비한 빛이 터져 나왔다. 넓고 흰 벽에서 거대한 에너지가 방출되고 있다.

대법당 안에 들어서자 높이 35m나 되는 황동 관세음보살이 중앙에 있었다. 관세음보살상은 이목구비가 화려하다. 주변은 칸 칸마다 조성물이 많고 불빛 또한 약하다. 사진 촬영을 못 하게 한다고 말로만 들었으나 설마 하였다. 영화 속에서 극히 일부만 보여주어 궁금증을 자아낸 이유를 여기에서 알겠다. 입구에 앉은 승려에게 합장하며 공양 올리려고 환전 요청하였다. 스님은 티베트 돈을 환전해 주면서 손으로 촬영하라는 시늉이다. 급행료였다.

참배객은 달라이라마가 망명길에 오른 사건 이후에 대법당만 들어갈 수 있다. 만다라 탱화는 백팔 염주를 뜻하는 수많은 방에 부처님과 같이 모셔졌다. 고행길이자 순박한 그들의 단상을 면면히 보고 느낄 수 있다. 그곳에는 불교의 보고가 소장 되었다. 넓은 법당 중앙에는 두꺼운 붉은 가사를 삼각형으로 두르고 빽빽이 참선 자세로 세워져 있다.

천수천안관세음보살 앞에 섰다. 염화미소로 가득하고 소원을 다 들어줄 것 같다. 합장하고 부처님 면면을 살폈다. 어느 면이나 빛나고 있어서 대답해주듯 인자한 성품이 내 가슴 속에 들어와 앉았다. 한걸음 뒤로 물러나 배례하고 옆으로 돌아 나서자 영화 속에서 본 장소이다. 수행자들은 만다라를 완성단계에서 진지함이 깃들던 곳이다. 갑자기 중국군의 군화로 걷어차며 짓밟아 뭉개자 눈물 흘리며 가슴이 먹먹했던 거대한 마루이다. 실제 영화 촬영은 중국군의 감시를 피해 이십여 분 분량만 하였다. 티베트가 억압받던 중에 세상 밖으로 나온 현장이다.

"바로 여기네, 만다라를 그렸던 곳…."

긴 담뱃대 같은 화구로 숨죽이며 모래알을 불어대고 만다라를 제작하던 모습…. 영화 속에서 기둥과 대법당의 모습도 생생히 되살아난다. 만다라는 군화로 산산이 부서지고 허공으로 날아갔다. 연이어 총소리와 함께 수행자들이 피 흘리며 쓰러졌다. 달라이라마는 왜 망명의 길을 나섰는지 지금도 금기어가 되고 있다.

티베트인은 달라이라마가 망명길로 숨어 떠날 때 금방 돌아오리라 믿어서일까. 법당 안은 여태 비워둔 모습이 누구를 기다리는 자리이다. 따라나섰던 승려 자리조차 중앙에 참선하듯 형상만 가사로 둘러 삼각형으로 앉혀놓고 꿈쩍하지 않는다. 산 자와 죽은 자처럼 곳곳에 공존하고 있다. 만다라는 야크 털 양탄자 걸개로 만들어 유네스코 문화유산이 되었다. 응시하다 보면 어디선가 무언의 빛이 되어 되돌아오고 있다.

다양한 종류의 만다라는 보고 또 보아도 우주의 이치를 그림으로 보여주고 있다. 성지마다 만다라가 있는 이유는 분노를 삭이라는 수행과정일까. 여래사 D 스님은 백거사 참배 이후에 야크 털 만다라를 여러 개 수집하였나 보다. 그 스님은 동진 출가도 아닌 늦깎이 출가여서 수행의 근본 기운으로 삼고자 이곳 만다라 걸개를 소장하였다.

　백거사 밖을 나오자 주변에 몇몇 만다라 화방이 즐비하다. 말도 통하지 않고 티베트화조차 환전할 수 없어 나의 만다라를 소장하지 못한 일은 끝내 아쉽다. 희망이었던 만다라를 찾고 나자 그 이면의 아픈 현실을 바라보아야 했다.

　어떻게 살아가야 할 것인가. 오늘도 사경 하면서 진언을 암송한다. 옴 마니 반 메 훔. ●

〈2020.1.30. 수필오디세이 봄호 게재〉

고원의 눈빛

몸과 마음의 상처를 치유하는 것은 약이 아니라
순수하고 따뜻한 영혼의 힘인 것을 거부할 수 없다.

　티베트로 여행을 떠났다. 서안에서 라싸까지 비행기로 이동하였다. 비행기 창문을 통해 내려 본 쿤룬산맥 설산은 20여 분 동안 장관을 이룬다. 설산은 길게 이어져 지그재그형에 약간은 높거나 낮은 듯 특이한 모습이 하향 곡선으로 이어지고 있다. 구름의 긴 그림자가 내려진 곳에 검푸른 명암이 생겼다. 사진을 찍었다. 험준한 산세와 높은 고도를 방패 삼아 오랫동안 외지인의 접근을 거부하고 있다.

　「티베트에서의 7년」 영화를 보면서 꿈을 꾸었다. 길 잃은 청년이 푸른 초원을 넘어온 설산은 내 마음조차 신선하게 만들었다. 세계의 지붕이며 영혼의 나라이고 신들의 언덕이라 말하는 이유를 더욱 알고 싶게 했다.

사원 앞 바코르 광장에는 예쁜 꽃길과 커다란 '타르초'가 세워졌다. 대형 타르초의 오색 깃발은 건강과 행복을 기원하며 만국기처럼 휘날린다. 세계에서 가장 높은 도시가 티베트라면 높은 산마다 세워진 타르초는 세계의 지붕이라 불릴 만하다. 룽다는 오색 깃발에 불경을 새겨 만국기처럼 펄럭인다. '룽다'가 관광객과 참배객을 맞는다. 티베트 사람은 펄럭이는 룽다를 보면서 바람이 경전을 읽고 있으리라 믿고 있다.

조캉 사원에 갔다. 2001년 유네스코 지정 세계문화유산으로 등록되었다. 불심 가득한 티베트인은 제1의 성지로 삼아 성스럽게 여긴다. 어느 사원이든 내부는 관람할 수 있으나 사진은 찍을 수 없다. 영화에서도 내부 촬영을 금지했기에 오랫동안 의문점이 되었다. 영화를 감상한 후 십여 년이 지나 이곳을 찾고 보니 의문점이 풀린다. 들어가는 입구부터 한 줄로 서서 보안 검색대를 지나야 했다.

사원 안으로 들어섰다. 2층 계단 입구는 굳게 잠기어 철저한 경비태세로 출입이 금지되었다. 중국이 티베트 점령한 후 문화혁명을 거치면서 사원을 돼지우리로 사용하게 한 이유는 무엇일까. 이곳만은 티베트의 힘을 상징하기에 오늘날까지 자존심으로 지키려 하였다. 1979년 이후 조금씩 재건되어 오늘의 모습을 갖추었다. 사원 앞에서 오체투지 하는 사람들은 먼 곳까지 느린 몸으로 절을 하며 왔다.

조캉 사원은 손첸캄포 왕이 지은 사찰이다. 손첸캄포 왕은 7세기 중엽에 티베트를 최초로 통일했다. 전설에 의하면 문성 공주는 산에 사는 양을 이용해 흙을 날랐다. 호수를 메우고 그 터 위에 조캉사원이 건설되었다. 아내인 문성 공주는 당나라에서 석가모니 부처님을 모셔 왔다. 이런 연유로 오랜 세월 동안 티베트인의 영적인 중심지로 삼아 왔다. 황금색 지붕이 인상적인 사원은 티베트 예술의 세련된 모습을 보여준다. 건물 내부에는 신화와 전설 및 불교 벽화로 가득 찼다.

사원 안에는 복도로 빙빙 돌아 햇빛이 들어오는 사각형 마당이 특이했다. 외부의 건축물과 달랐다. 방화수처럼 생긴 큰 통 여러 곳에 물이 담겨 있다. 야크 기름을 굳혀 만든 양초 공양 접시 일곱 개가 방화수 위에 둥둥 떠 있다. 버터 촛불이다. 검은색을 일부러 칠한 듯 벽이 온통 새까맣다. 날카로운 도구로 천불상을 조성한 듯 희미한 곳도 많다. 티베트인의 자존심처럼 지금까지 불이 꺼지지 않게 계속 켜 왔고 그을음 영향으로 훼손도 되었다. 나라의 흥망과 달라이라마가 망명 위기까지 이르러선 무언들 못하랴. 지금은 그을음을 닦아 낼 수도 없는 영혼이 깃든 아픔으로 가득 찬 사원이 되었다.

오체투지를 하다가 잠시 쉬고 있는 키 작은 노인 네 명이 눈에 들어왔다. 생김새는 남루하여 거지를 방불케 하였다. 이마에 주름이 가득하고 시커먼 얼굴에 입은 옷은 기름으로 덕지덕지하다. 그들은 평균수명이 육십 세다. 야크 기름에 옷 색깔을 분간할 수 없게 찌들어도 손에 든 '마니차'만 열심히 돌린다. 경전이 들어있다고 여겨서인지 부지런히 집중하며 돌리고 있다. 그들은 가난한 얼굴로 보이지만, 자신들의 가난을 미워하지 않는다.

안내원에게 바꾼 티베트 돈 몇 장을 노인에게 내밀었다. 최소한 네 명이 한 장씩이라도 나누어 사용하게 건넸다. 욕심내어 달려들지 않고 필요한 사람만 한 장씩 받아 들었다. 받아 든 노인의 눈이 초롱초롱하다. "타쉬탈래."라고 인사해도 미소를 띠며 눈으로 답하고 있다. 호주머니 속의 사탕을 주었다. 남은 두 노인은 금액이 적어서 거부하는 줄 알았다. 늙은 손에 들고 있는 귀퉁이도 닳아지고 때 묻어 얼룩진 불경이 눈으로 말하는 영혼이었다. 저세상에 가면 가질 것도 버릴 것도 없는 모두가 하나라고 깨우침을 주고 있다.

그들은 관광객이 주는 돈도 아프거나 꼭 필요하지 않으면 거부하였다. 가난하여도 주어진 환경을 부끄러워하지 않는다. 티베트 사람은 오체투지로도 부족한지 계속해서 온몸을 바닥에 비비며 '옴 마니 반 메 훔'을 중얼거렸다. '옴 마니 반 메 훔'은 진언으로 어느 나라에 가도 똑똑히 들려온다. 몸으로 말하고 눈으로 말하고 있다. 그저 미소를 지을 뿐이다. 미소 속에는 깊은 삶의 무게와 영혼이 담겨 있다. 영혼의 나라답다.

1층의 복도 벽에 새겨진 천불회상도를 따라 네모지고 기다란 복도를 돌았다. 내부 벽화에서 특이한 점은 관세음보살 부처님 두 눈이 여자의 모습으로 그려졌다. 유리로 덮인 벽화에 '옴 마니 반 메 훔' 글자와 양 한 마리가 나타났다. 또 다른 곳에는 만다라 그림이 있다. 동서남북을 향하여 조각된 상들이 벽면 유리관 안에 화려하게 장식되어 있다.

통로 따라 걷다가 마당으로 힐끗 보이는 커튼에 검은 문양이 신기하다. 가림막처럼 내린 반 커튼과 하얀 천에 검은 문양이 새겨진 이유가 궁금해진다. 흰색 천 안쪽은 마麻섬유의 촉감이다. 마麻에 덧칠해진 끈적한 야크 기름은 여름에는 시원하여 자외선을 차단해 주고 겨울에는 보온성이 있다. 마름모꼴의 매듭 문양은 행운을 상징하여 유리창 크기만큼씩 굵게 수를 놓았다. 돌고 돌아도 하나라는 윤회설을 마름모 문양이 가르쳐준다.

야크는 티베트에서 사용처가 많다. 야크와 양은 수많은 동식물과 함께 살아간다. 동식물과 초원은 전설과 신화 속에서 신들의 언덕이다. 맹수가 없어서 편안함을 느낀다. 야크와 양 한 마리는 고원에서 눈빛을 교환한다. 살아서는 우유와 땔감을 주고 죽어서는 인간의 의식주에 보탬이 되어 옷과 침구류와 좋은 단백질 공급원이다. 인간과 자연 사이의 평화롭고 풍요로운 관계를 야크가 이어주고 있다. 신의 언덕에는 짐승과 인간과의 경계선이 이어진 듯하다.

티베트에서만큼은 원초적인 삶을 내려놓지 않고 살아갈 수 없다. 앞서지 않아도 인간은 아름다운 삶을 누릴 수 있음을 일깨운다. 나는 천천히 팔십 노인처럼 걸었지만, 구토와 부종이 나타났다. 고산소 증을 이기려고 주사를 맞았다. 몸과 마음의 상처를 치유하는 것은 약이 아니라 순수하고 따뜻한 영혼의 힘인 것을 거부할 수 없다.

티베트를 진정으로 아름답게 해 주는 것은 그들의 영혼과 삶이다. 최소한의 물질로서 삶을 영위해 나가고 있지만, 자신들의 영적인 삶에 대한 존엄을 지니고 있다.

명상에 들어본다. 티베트 여행은 단순한 순례가 아니었다. 자연스레 죽음과 윤회에 대해 편하게 받아들이며 섭리를 이해하고 확인하는 순례길이었다. 오염되지 않은 들꽃처럼 순수한 미소와 눈으로 말하는 표정이 바람을 타고 전해온다.

〈2020.12. 수필과비평 게재 / 2021. 1월호 유한근 교수 월평〉

금강경
설법지에서

나의 행복 찾기는
순례하며 보시 그릇에 담겨준
마음이었다.

인도 성지순례를 나섰다. 코로나19로 미루어 오다 삼 년 만에 경기불교문화원팀 열두 명과 동행하였다. 불교 발생국은 어떤 모습인지 오래전부터 가고 싶었다. 이슬람 세력의 침략으로 폐허가 된 불교 유적지이다. 인도는 삶이 곧 종교여서 다종교를 인정하는 나라이다. 현재 불교는 1% 정도 남았다 할까. 복원하는 운영위원구성도 힌두 세력 비율이 높아 불교 발전에 어려운 점이 많다. 밀림과 흙 속에 파묻혀 있던 불교 유적을 찾으며 복원하는 일은 더뎌지고 있다.

기원정사 앞에 서니 고모할머니 생각이 났다. 어려서부터 불교를 접한 일도 우연은 아니다. 고모할머니는 스님이었다. 어렵게 생활하던 할머니께서 회색 법복을 입고 우리 집에 드나들었다. 목수였던 아버지는 넉넉하지 못한 살림에도 절을 지어 시주하였다. 친할머니와 아버지의 사십구 齋를 지내며 부처님을 알게 되었다. 스님은 신도를 강제로 정착시키려 하지 않는 편안함도 있었다. 내가 초년 살림에 어려움을 상담하면 인내하라 가르쳤고 기원정사 얘기해주었다. 말끝에는 참고 견디며 포용하다 보면 구름도 걷히는 이치라 하였다.

기원정사는 금강경을 설한 장소로 경전에 전한다. 부처님이 제세 시 24안거 하며 많이 머문 장소이다. 석가족과 미얀마족, 방글라데시에서 자매결연 맺어 도움을 주고 있다. 아난다는 부처님이 이곳에 머물며 법을 설할 때 어떻게 시봉 했을지 의아했다.

우리도 수행자의 자세가 되어보려고 법 단 앞 보리수나무 아래에 앉았다. 포교 법사님은 법복을 입고 좌정하여 예를 올렸다. 그 분은 순례하는 보름 동안 하루도 빠뜨리지 않고 버스 안에서 예불을 모셨다. 낮인데도 시원한 바람이 불자 나무 그늘에 앉았다. 녹차 한 잔을 올린 후 집전 목탁으로 두 시간 동안 한글 금강경을 염송하였다. 목탁 소리에 맞추어 경전을 읽는 소리는 불교음악처럼 들렸다.

부처님이 손수 심은 망고나무가 넓은 정원에 있었다는 말에 새삼 놀라웠다. 세월이 흘러 새가 망고를 먹고 씨를 퍼뜨려 기원정사 안에는 천여 그루가 되었다. 밀알과 겨자의 역할을 새 한 마리가 톡톡히 했다. 한 그루가 천 그루의 망고 열매 달리는 데는 새가 포교역할을 단단히 하였다. 인도에서는 과일 공양으로 망고를 빠뜨리지 않는다. 허례허식을 좇아 귀하지 않아도 정성을 다한 제철 과일이면 된다고 나를 깨우쳤다.

금강경을 설했다는 법 단 앞에서다. 남아 있는 유적이라고는 기단부를 붉은 벽돌로 쌓은 공간이다. 수행 공간이었음을 짐작할 뿐이다. 기단부 외벽은 허리 높이의 사각형 구조와 가운데에 원형으로 붉은 벽돌이 5층으로 놓여 있다. 낮은 5층 탑은 조그맣고 양동이를 엎어 놓은 듯하다. 너무 작은 크기로 형태만 남아 눈물이 났다.

누군가 탑의 둥근 층층 마다 금종이를 붙였다. 미얀마나 태국 신도들은 순례할 때마다 탑에 개금불사 공양을 잘한다. 금종이를 매끈하게 붙이고 또 붙이니 금탑으로 보였다. 금탑은 햇빛에 반짝이면 두 개의 태양이 되어 천상에 빨리 닿기 위한 도구로 여기나 보다.

부처님이 기원정사에서 오랫동안 수행했던 이유는 무엇이었는지 궁금하다. '유영굴'에서 나와 마하보디 대탑 보리수나무 아래에서 깨달음을 얻은 뒤 기원정사에서 오래 지내셨으니 말이다. 길상초를 깔고 앉아 명상에 들었을 때 코브라 독룡이 부처님 목과 몸을 감싸 안을 때는 얼마나 싸늘했을까. 새벽이 되자 따뜻했던 기운에서 독룡은 몸을 풀고 사라졌다. 대탑 연못 안에는 부처상의 광배 위에 독룡이 일산日傘으로 자리 잡아 비를 막으며 보호하고 있다. 어려움이 닥칠 때도 겁에 질리지 말고 차분하라는 가르침으로 다가왔다.

앙굴리말라 집터와 수자타 장자 집터가 가까이에 있다. 앙굴리말라는 살인마였다. 그는 어리석은 탓으로 남의 꾀임에 빠졌다. 포악하여 남의 손가락을 잘라 염주를 만들어 목에 걸고 다녔는데 부처님의 가르침에 반성하여 평생 재가 신도가 되었다. 사람을 헤치지 않겠다고 서약한 후 기숙사 생활했다. 그는 부처님의 일거수일투족 속에서 제도 되었다.

수자타 장자는 부자였다. 고아에게 밥을 주는 사람이었다. 아들 결혼문제로 왕사성에 들렸다가 부처님을 만나 인연이 되고 기원정사를 지어 공양 올렸다. 수자타 장자는 부처님 설법 들으려고 24안거 동안 시봉侍奉 했다. 불자들은 부처님이 중생 제도한 앙굴리말라와 수자타장자의 집터가 남아 있어 이 자리를 순례하고 있다. 금강경에서 가르치는 모두가 방하착放下著에 이르게 한다. 경전에는 공한 지혜를 근본 삼아 '일체법무아'의 이치를 요지로 했다. '무주상보시'를 하며 집착도 번뇌도 내려놓으라 한다.

보리수나무 왼편에 부처님이 마시고 발을 씻었다는 우물이 있다. 세족 우물이다. 이 우물은 2500년이 넘도록 마르지 않아 커다란 우물 안에는 얼굴이 비칠 정도이다. 속을 들여다보니 돌이 빈틈없이 빽빽하게 이끼도 없이 반짝거린다. 허리 높이의 우물 위에는 나뭇잎도 떨어지지 않게 철망으로 된 덮개를 덮었다. 우물 지킴이는 그의 검은 눈동자 안에 내 모습이 정좌한 선한 눈빛으로 바라보았다.

우물 지킴이에게 세족 우물을 확인하려고 루피를 건넸다. 마중물을 얹어 세숫대야에 깨끗한 물을 펌프질 해주었다. 아마도 부처님은 앙굴리말라와 수자타 장자의 발도 씻어주며 품어 안았으리라. 인도인은 기후 때문에 맨발로 걸었던 습관도 있지만, 문스톤이라 하여 연꽃 문양의 바닥에 올라서려면 발을 씻었다. 공양 올리기에 앞서 발을 씻는 일은 최고의 예였다. 기운이 서린 우물이었다.

기원정사의 철문은 사비성과 경계가 되었다. 철문 앞에는 불가촉천민의 노약자와 어린아이를 안은 젊은 여인, 열 살 미만의 어린이들이 손을 내밀고 앉아 있다. 한국 순례단은 이들을 볼 때마다 불쌍히 여기고 작은 달러나 루피를 주었다.

인도 정부의 손길이 닿지 않아 불편하게 여겼던 내 마음은 곧 후회하게 되었다. 인도사람은 순례자를 행복하게 하려고 손을 내민다는 소리에 새삼 놀랐다. '보시하는 사람에게 복을 짓게 하려고 그들은 감사의 인사도 하지 않는다.'라는 어느 작가의 글을 읽고 깨달았다. 그들은 바로 내 보시 그릇이었다.

　나의 행복 찾기는 순례하며 보시 그릇에 담겨준 마음이었다. 티 없이 맑게 웃고 있는 검은 눈동자의 어린이와 노약자의 얼굴이 떠오른다. 마음이 충만하다.

신작〈2023.6. 혜향 20호 게재〉

다비장의 영혼과 달

다비장의 영혼도
강물에 흐르며 좋은 곳으로 환생하기를 바란다.
피어오르는 연기 속에
영혼의 괴로움도 묻어버리기를 바라는 마음이다.

 바라나시는 영혼의 도시이다. 세계에서 오래된 도시이고 영적
인 빛이 넘친다. 인더스 문명도 갠지스를 따라 일어났으니 고대
와 현재 문화가 공존하는 도시이다. 인도를 갈망했던 이유도 항
하사 모래를 체험하며 다비 모습을 보고 싶었다. 히말라야에서
흘러내린 물은 인도 평원을 지나 갠지스에 닿는다. 힌두신앙에
서는 성스러운 물에 목욕하면 죄업이 사라지고 화장한 재를 강
물에 띄우면 윤회에서 벗어난다고 했다.

 저녁에 바라나시 갠지스강 순례에 나섰다. 강가까지 내려가는
비스듬한 거리에는 옷깃을 스칠 정도로 사람이 북적였다. 일행은
가트 계단을 지나 예약된 목선에 오르자 열대엿 살쯤 되어 보이

는 남자아이가 노를 저었다. 학교 갈 나이에 공부는 뒷전이고 몇 달러의 벌이로 가족의 생계를 책임질지도 모른단 생각에 서글프다. 가트 주변에는 화려한 레스토랑과 펜션으로 빽빽하다.

인도의 갠지스강을 연상하면 죽음과 삶이 같이한다는 단어를 실감한다. 내가 인도에 오기 전에는 다비장에서 태워진 재를 뿌린 물과 목욕한 물을 먹는다는 설에 배변 처리는 어찌하는지 궁금하였다. 다비는 불교에서만 행하는 줄 알았다. 힌두인이 80% 이상인 인도에서 공인된 노천 화장장이다. 우리나라처럼 공동묘지의 봉분도 눈에 띄지 않는다. 다종교를 믿고 있어 갠지스강을 성스럽게 여겼다.

갠지스에 바나나 잎은 꼭 필요한 식물이다. 바나나는 갠지스강을 따라 심었다. 일년생 농사를 마친 후 잎은 강에 버려지니 자연적으로 강물이 정화되었다. 가라앉은 잎은 맹그로브 습지처럼 물을 맑게 하여 강을 살리고 녹아 없어졌다. 윤슬이 일어나는 물은 석양의 빛을 받아 생각보다 깨끗하다.

다비장 입구다. 거간꾼들이 화목으로 사용할 재료를 흥정하는 차이는 극심했다. 가난한 사람은 비용 문제로 잡목 사용과 화장 시간이 짧다. 시간이 되면 타다 남은 채 강물로 띄워 버린다. 부유층은 망고나무로 24시간을 태워 깨끗한 한 줌의 재만 남으면 반야 용선에 띄운다. 그 일에 종사자는 돈만큼 시체를 태워 준다니 죽어서도 빈부 차이는 어쩔 수 없나 보다. 다비장 뒤 가트 계단에는 가격에 따른 여러 종류의 나무들이 산더미처럼 쌓여있다. 연중 다비장에는 휴일과 휴식 시간도 없다.

남자아이는 목선을 다비장 가까이에 댔다. 다비장의 여러 군데에는 서 있는 사람과 사닥다리 나무 위에 올려진 대나무 판이 보였다. 상주는 여자를 제외한 대여섯 명으로 정해진다. 상여 앞에 상주가 서 있다. 남자는 상여 앞에서 삭발하여 흰옷을 입는다. 운구 행렬에는 고정된 종사자가 상여를 메고 갠지스강의 성스러운 물에 담그러 내려간다.

엷은 천으로 말아 올려진 주검은 대나무 판 위에 얹어졌다. 여섯 명이 빠른 걸음으로 메고 갔다. 맨 위의 빨간 천까지 물속에 잠기게 두어 번 반복했다. 인부 한 명이 뭐라고 소리를 내자 건져내어 다비장으로 메고 올라갔다. 불과 삼사 분 사이의 행위다. 죽어서도 신의 가호가 있기를 바라는 염원으로 들렸다. 성스러운 물에 담가야 골고루 불이 잘 붙는다는 안내원의 설명이다. 24시간 동안 검은 연기와 벌건 불길이 연속이었다.

상주는 고인이 마지막 가는 길에 원하는 나무를 붉은 천 위아래에 얹고 긴 장대를 들고 고루 타도록 뒤적이고 있다. 넓은 계단 위 20여 군데 노천 다비장에는 연기가 계속 피어올랐다. 살아있는 사람과 주검이 마주하는 현장이다. 힌두교에서 가르치는 죄업을 멸하기 위해 살아서도 죽어서도 갠지스 물에 목욕하고 있다. 재가 뿌려져 강물에 띄우면 윤회하고 해탈한다면 갠지스의 물고기는 어떤 모습이 될까.

해가 지기 전에 다비장 반대편으로 목선을 돌렸다. 목선은 항하사 입구에 도착했다. 경전에 나오는 항하사는 수많은 모래알로 표현된 부분이 많았다. 항하사는 문명의 발상지인 갠지스강에 자연 발생 된 모래톱이다. 우리나라 삼각주보다 어마어마하여 끝없이 드넓게 펼쳐진 상황에 어리둥절하다. 모래언덕 높이가 3m나 되었다.

사람들은 항하사 모래를 건축재로 사용하지 않는다. 다비 후, 영혼이 깃든 재는 가까운 갠지스강으로 흘러갔다고 믿어서이다. 안내원은 14억 넘는 인구가 항하사 고운 모래를 건축재로 사용했다면 흔적 없이 사라졌을 것이라 했다. 다종교를 믿으며 삶이 곧 종교화된 인도에서 성스러운 항하사는 서로가 영혼이 깃든 땅으로 여기고 있다. 다른 냇가 쪽의 모래는 건축재로 팔고 있었다.

모래톱 위로 내려섰다. 밀가루 같은 모래는 은색 작은 조각이 섞여 반짝거렸다. 오물과 동물의 지린내가 코를 찌른다. 얼른 그 장소를 벗어나자 인도사람이 낙타를 몰고 왔다. 낙타를 타거나 배경으로 사진 찍으면 돈을 주라 하였다. 인도에서 개는 주인이 없어도 돌아다니고 대접받는 동물이다. 순례 왔던 지인은 다비장에서 버려진 물건을 항하사 위에서 개가 물고 다니더라 했는데 내 눈에 띄지 않았다.

　일행은 안내원에 부탁하며 빈 생수병을 가져갔다. 검색대를 의식하여 반 컵도 되지 않는 작은 용기다. 안내원은 냄새 덜 나는 장소를 찾아 목선에서 모래언덕 방향으로 200m 정도 올라갔다. 신발 속으로 모래가 스며드는 느낌에 모래언덕까지 걷기도 어렵다. 안내원은 인적이 드문 곳으로 가더니 순식간에 모래를 손으로 팠다. 30cm 이상 파내자 냄새 없는 촉촉한 모래가 나타났다. 원형으로 팠기에 열두 명은 모여들어 조금씩 담았다.

　나는 가느다란 모래를 병에 담으며 모래 주먹을 아무리 만들려 하여도 모이지 않았다. 필시 묶지 못할 매듭結이라면 짓지도 말라는 암시이지 싶다. 지금까지 불. 법 승 삼보에 귀의하여 생사윤회의 고통에서 벗어나려 노력하여도 공허한 마음뿐이다. 항하사에서 경전 속에 나오는 부처님 혼이라도 느껴보고 싶었으나 쉽지 않았다.

　다시 목선을 탔다. 해가 뉘엿뉘엿 져가니 어느새 달이 떴다. 다비장의 영혼도 강물에 흐르며 좋은 곳으로 환생하기를 바란다. 멀리 다비장의 활활 타오르는 불길이 보였다. 피어오르는 연기 속에 영혼의 괴로움도 묻어버리기를 바라는 마음이다.

신작〈2023. 5. 수필 오디세이 여름호 게재〉

전망대에서 찍은 사진 속에 폭포가 흐르는 듯하다.
자연이 주는 위대함에 입을 다물었다.

    델리에서 국내선으로 탑승한 후, 데칸고원의 아잔타 마을로
들어섰다. 일기예보에 따라 더워질 날씨에 대비하여 아침에는 반
소매 차림으로 나섰다. 오랜 시간 버스를 탔더니 기온 차이로 한
기를 느껴져 긴 옷을 껴입었다.
    마을 입구에는 붉은 사리 차림의 여인들이 천막을 깔고 앉아
합장하고 있다. 많은 사람은 마을 회의를 하는지 질서 정연하
다. 머리에 하얀색 터번을 두른 남자가 있어 안내원에게 물었다.
장례 치르는 상주집이라 하였다. 안에서는 업장 소멸을 바라는
의식 중이다. 이곳에선 장례를 치를 때에 화려한 색인 붉은 옷을
입고 있다.

아잔타 마을은 예전부터 버려진 땅이었다. 데칸고원의 주민은 불가촉천민으로 구성되어 나라에서도 인정받지 못하는 사람이 살았다. 근래 들어 인도 정부 고위간부직에 불가촉천민이 선출되자 특구를 조성하였다. 한정된 아잔타 특구에서 목화재배를 마음 놓고 짓게 했더니 주민의 삶이 나아졌다. 힌두교도가 많은 인도이지만, 아잔타 마을 사람 모두는 불교를 믿었다. 내려다보이는 아잔타 석굴의 영향이었을까. 땅이 척박하고 물도 귀한 고원지대에 부처님의 자비가 임하셨나 보다.

목화를 실은 화물차가 지나간다. 화물차는 가벼운 목화솜을 키 높이 막대를 세우고 가득 실어 경매장소까지 오가면 한 달 정도 걸렸다. 데칸고원에서는 목화가 유일한 작물이다. 목화는 일년에 두 번 꽃을 피운다. 처음에 붉은색으로 피었다가 씨가 익으면 굳어진 꽃받침이 벌어져 하얀 솜 꽃으로 피어난다. 인도 날씨는 밤에는 살얼음이 낀다. 이 마을 사람은 솜이불을 덮을 정도로 춥기 때문에 목화를 재배한다. 물레를 돌리며 원시적 농법에 불가촉천민끼리 뭉쳤다.

버스가 아잔타 전망대 입구로 들어섰다. 차창 밖으로 상여를 메고 뒤따르는 사람들의 모습이 길게 보였다. 어깨 위에 메고 가는 운구 행렬도 눈에 익숙한 옛날 방식으로 치러지고 있다. 버스가 한참 지난 뒤에 행렬은 너른 공터에 도착했다. 안내원은 오른쪽 창가 쪽으로 시선을 유도했다. 도랑을 끼고 노천 화장터처럼 보이는 곳에 사람들이 둘러서 있다. 고인은 마을 유지인 듯하다.

갠지스 다비장이 아니어도 지류의 도랑만 있으면 좋은 나무를 준비하여 화장한다. 상주는 시신에 성수를 묻히고 온전하게 태운 후 남은 재 한 줌 들고 갠지스강에 뿌리러 떠난다. 온 동네의 애경 사를 나의 일처럼 챙기는 협동문화의 잔재를 이곳에서 만났다. 조물주는 세계 어느 곳이든 비슷한 문화를 창조해 주셨나 보다.

왜 힌두인은 화장 재를 강물에 뿌리고 목욕 후 그 물을 먹으며 살아갈까. 매일 성수를 적시고 의식을 치르며 내세 환생을 빈다. 힌두인이 80%가 넘는 인도에서 빈부의 차가 없어지지 않는 점은 내세 환생이 허구성이 아닌지 의심스럽다. 거리마다 손 벌린 병든 사람과 여러 종교의 수행자들은 진짜와 가짜가 섞여 갠지스에서 고행하고 있다.

비위생적인 수질과 석회암 성분이 많은 강물도 바나나 잎이 정화 시켜 준다. 버려지는 바나나 잎은 강을 뒤덮을 듯해도 물을 정화 시켜 준 뒤 강바닥에서 녹아 없어진다. 바나나 농사는 일년 생으로 물가를 따라 심어야 풍부한 잎사귀와 열매도 튼실하다고 했다. 세상 이치의 무량함에 다시 배우며 고개를 끄덕였다.

아잔타 석굴 꼭대기 전망대다. 다음으로 찾아갈 아잔타 석굴을 전망대에서 내려다보니 몇백 미터 아래로 보인다. 양산을 받처 오가는 물체가 가물거린다. 그랜드캐니언처럼 계곡이 깊게 파였다. 사방이 훤하게 비추어 반원형의 석굴들은 하나의 암석으로 손바닥 안에 놓인 듯하다. 전망대 위에 서자 아랫마을에 살았던 사람이 이방인으로 느껴졌다. 불교 유적은 이슬람 세력에 탄압받아 흙과 밀림에 묻혀 있었다. 18세기 말에 영국인이 사냥 중에 발견하였다. 아잔타 석굴은 불심으로 뭉쳐서 부처님의 기운이 후세에 발하셨나 보다.

데칸고원은 물이 마른 분지이다. 홍수가 나면 산 위 아잔타 마을에서 석회질 빗물이 흘러 지표가 낮은 반원형의 아무르강에 닿는다. 발아래 까마득하게 위치한 강물 주변으로 거대한 현무암 바위산이 하나로 이어졌다. 데칸고원에서 내린 석회질 섞인 빗물은 검은 바위가 누렇게 변하였다. 전망대에서 바라보니 비가 내리지 않아도 멀리서 보면 폭포에 누런 물이 내리고 있다.

수행자들은 그 바위산에 서른 개의 굴을 파서 생활하였다. 굴 안에는 이백여 명 이상 앉을 수 있는 법당과 이 층에 넓은 승방이 공존하고 있다. 도구를 이용하여 굴을 파며 숙식에 지장 없게 숨어들었으니 온전한 유적으로 남았다. 바닥에 골골이 패인 돌 자국은 참수행이 어떤 것인지 눈물 나게 했다. 대대손손 구원받으려 했는지 의구심이 들었다. 중생이 성불하는 일은 쉽지 않다. 손바닥을 뒤집는 것처럼 한 번에 해결되지 않는다. 종교가 무엇이기에 혼자 잘살려고 산으로 갔을까. 종교의 참 의미를 반추했다.

석굴 천장과 벽면에 조각된 부조와 프레스코 기법으로 그려진 그림은 유네스코에 등재된 문화유산이다. 자연염료가 된 꿀과 달걀노른자는 노란색이 주원료가 되어 지금도 선명하게 그려져 있다. 스투파를 굴 안 하나의 바위에서 둥글고 긴 모습으로 다듬고 조각하였다. 천장에 새겨진 고행상 갈비뼈를 어떻게 파냈는지 의아하다.

아잔타 석굴은 자비의 힘으로 어떤 침략에도 드러나지 않았다. 아잔타 마을 사람들은 무엇을 원했을까. 부귀공명도 누리지 못하고 먹는 일에도 한계를 느꼈으니 어찌 지냈을지 궁금하다. 어마어마한 석굴의 규모를 보니 근처 마을 사람이 몇백 년 동안 울력에 동원되었을 듯하다. 그 인원도 상상할 수 없다. 오로지 불교를 대대로 믿으며 가족 중에 한두 사람이라도 출가시켜야 후손이 구원받을 수 있다고 여겼나 보다.

조물주는 굼부리 형의 석굴을 감춰지게 만들고 후세에 발견하게 하였다. 가난한 사람들도 먹고살게 배려하였다. 전망대에서 찍은 사진 속에 폭포가 흐르는 듯하다. 자연이 주는 위대함에 입을 다물었다. 파란 하늘에 흰 구름이 떴다. ◓

신작〈2023.8. 제주 수비 동인지 9호 게재〉

둥근 만다라

어디에도 없는 만다라 천장이다.
처음보는 천장 광경에 목울대를 적신다.
둥근 만다라처럼 세상은 돌고 도는 일이다.
성지마다 불가촉천민은 나의 보시 그릇이었다.

경기 불교 문화원 팀 12명과 동행하였다. 15박 16일의 순례는 쉽지 않은 길이다. 처음부터 성지순례 순서를 인도로 먼저 택했더라면 두려워서 한 발도 떼지 못했으리라.

인천 공항에서 만난 '상월 결사 108 순례단'의 긴 행렬과 마주했다. 내 앞자리의 스님은 부처님 가르침을 되새기는 수행이라 하였다. 초심으로 돌아가는 자세로 43일 동안 순수하게 걸어서 순례한다고 말했다. 한국 불교도 인도에서 새바람을 일으켜 수행의 바른길로 정진하기를 기원한다. 그들은 하루에 일과표대로 정해진 시간만큼 걷고 길가에 야전 천막을 쳐 숙식을 해결했다. 스님 90여 분과 조력자 18명이 참여하였다. 고행이 무엇인지 한 줄로 서서 걸으며 몰입하는 자세였다.

나는 열 시간 동안 버스 타는 일이 보통인 것은 다행스러웠다. 한국의 순례단은 인도가 불교 발생국이어서 당연히 참배하러 간다. 그곳은 힌두교의 80% 넘는 교도 확장과 이슬람 세력의 침략으로 1% 정도밖에 남지 않은 불교도이니 낙후되었다. 가는 곳마다 눈시울을 뜨겁게 했다.

휴게소도 없고 자연 화장실이라도 찾기 위하여 차이 한 잔을 사 먹었다. 타지마할, 아잔타 석굴, 갠지스의 다비장과 항하사 모래 체험, 인도 북부 8대 성지를 순례하고 룸비니로 향했다.

네팔 국경을 통과하기는 까다로웠다. 거북이걸음에 차량이 밀려 장시간 탑승했다. 세 번의 통과의례를 걸치자 출입국 관련만 세 시간을 넘겼다. 저녁 공양을 준비해둔 한국 절 대성석가사 주지 스님은 우리가 도착할 때까지 기다리고 계셨다. 가로등도 없는 어둠 속에서 스님과 네팔 안내원을 만나자 숨통이 트였다.

대성석가사는 포교를 위하여 크게 지었다. 네팔 국경의 까다로운 비자와 출입국 절차로 참배객은 쉽사리 찾을 수 없어 낙후되었다. 부처님 탄생지인 룸비니동산 참배는 국경 간의 까다로움과 추가되는 비용에 인도 순례자의 반도 들리지 않나 보다. 대성석가사는 한국 절인 것에 큰 의의를 두며 한국 스님이 관리함에 감사할 뿐이다. 밤 9시가 넘어서야 저녁 공양을 하였다.

숙소는 대성석가사에 와서 어려운 잠자리를 탓할 일도 아니다. 4인 1실이어도 1인용 요를 깔아주었다. 습기가 올라오지 않게 단열재는 요 아래에 있었다. 이불은 2인용 너비로 무거운 솜이 들어있는 이유를 금방 알아차렸다. 가지고 간 슬리핑 백은 요 위에 펴고 그 위에 이불을 덮었다. 난방시설이 안 되어 슬리핑 백을 가져가라는 충고를 받아들인 일은 다행이었다. 대신에 핸드폰을 충전할 수 있는 전기 코드는 머리맡에 있었다. 스님은 우리에게 샤워할 수 있게 4시간 정도 전기를 올렸으니 화상에 주의하라고 당부했다. 방 안에 화장실과 샤워장이 한 곳에 있고 온수통이 벽에 매달렸다. 오랜만에 한국인의 뜨거운 정을 느꼈다.

새벽예불에 참석하려고 법당으로 올라갔다. 컴컴하다. 마당에 가로등이 없어서 어둠 속에 대충 짐작하며 계단을 찾았다. 숙소와 법당 사이 거리도 몇 발자국을 내려놓자 옷에 물을 뿌린 듯 축축해졌다. 법당 안에 들어서자 천장에 둥근 만다라 3개가 크게 그려져 있다. 어디에도 없는 만다라 천장이다. 처음 보는 천장 광경에 목울대를 적신다. 수행도를 천장에 새기며 포교를 위해 고생하는 주지 스님이 불쌍하다. 예불할 때마다 주지 스님은 천장을 바라보며 수행의 근본으로 삼을 듯하다. 새로운 만다라를 이곳에서 올려다보았다.

법당 천장이 너무 높아 연등도 반쯤 아래로 내려졌다. 법당 크기에 비해 작은 부처님 세 분이 초라하다. 어려운 네팔에 왔는데 룸비니 탄생지를 떠 올리며 석가탄신일 등 공양비를 미리 올렸다. 사찰 운영에 지장이 많을 듯한 직감에 호주머니를 다 털고 싶은 심정이다.

주방에서 유담프에 담을 물을 끓여 주던 네팔인은 귀마개를 광목천으로 두르고 있어 애잔했다. 사찰에서 스님을 도와 궂은 일 마다하지 않는 네팔인에게 고마움을 느껴 전해준 몇 장의 지폐가 한 끼 식사라도 될까. 둥근 만다라처럼 세상은 돌고 도는 일이다. 막히지 않고 수행도 따라 미로를 걸어 나와도 제자리일 수도 있다. 성지마다 불가촉천민은 나의 보시 그릇이었다. 보름이 지나자 보시 그릇에 채웠던 일이 나의 행복임을 알았다. 인도의 매력이 스멀거린다.

신작 〈2023.3. 뉴제주일보 해연풍 게재〉

찾아 나선 수행처

나는 한 줄로 몰입하여 걷는 자비만행慈悲萬行을 바라보며
허기로 찼던 순례 욕망이 부끄러워졌다.
오늘도 참회 진언을 외운다.
옴 살바 못자못지 사바하.

코로나19로 2년 동안은 성지순례를 못 갔다. 우연하게도 경기 불교문화원 일행과 성지순례에 동참하였다. 다른 나라 성지순례에 동참할 때마다 기도가 무엇인지 궁금 점은 해소되지 않았다. 의혹을 찾아 떠나는 나는 전생에 무엇이었나.

출국심사장 줄은 더딘 걸음이다. 자승스님이 이끄는 '성월결사 108 스님 순례단'과 여러 팀이 인도행을 기다리고 있다. 부처님 가르침을 되새기는 순례단에는 불교방송 취재진이 동행하였다. 내 앞에 서 있는 스님이 43일간 1,167km를 걷는다고 말했다. 참여하는 스님은 사전에 23일 동안 300km씩 열 번의 검증을 마친 순례단이다. 스님들은 머나먼 길을 걸으며 무엇을 얻으

려 할까.

이틀 후, 前正覺山 앞에서다. 인도는 국토가 넓어 대부분 농사에 의지하는 농업국이다. 건기에는 길가의 나무조차 흙먼지를 희뿌옇게 뒤집어쓰고 물도 귀하다. 시골길로 접어들자 산머리에 풀 한 포기 없는 산이 다가왔다. 마치 용이 꿈틀거리듯 번쩍거리며 기어오르는 바위산이다. 버스 주차장도 정해지지 않고 아무렇게 세웠다. 고타마 싯다르타는 굴속에서 수행했지만, 정각을 이루지 못하여 그림자만 남겨두고 떠났다. '유영굴'이라 불려 불교 순례 십 대 성지에 포함될 곳이라 한다. 남겨진 그림자가 도대체 무엇이고 어디에 있으려나.

前正覺山에 가려면 버스에서 내린 후, 비탈진 길을 삼십여 분 올라가야 한다. 인도에서 흔히 볼 수 있는 일은 어린아이와 애를 안은 젊은 여인, 나이 든 노인까지 길가에 앉아 구걸하는 모습이다. 카스트 계급이 없어졌다지만, 빈부 차이는 남아 있다. 공립학교에는 학생 수가 모자라도 사립학교에만 몰린다니 지금도 신분을 의식하고 있다.

길은 지그재그로 경사지게 올라갔다. 허리를 구부리고 일행을 쫓아 걸음을 재촉하였다. 열댓 살 된듯한 남자아이가 물건이 담긴 상자를 어깨에 살짝 올렸다. 지팡이 두 개를 들고 쏜살같이 쫓아와 "no money!"를 반복한다. 과자인지 지팡인지 구분이

서지 않았다. 아무리 말려도 나보다 앞섰다가 뒤서기를 반복하며 지팡이만 내민다. 갑자기 막대기만 들이대자 안내원을 찾았다. 백 루피를 주어도 손으로 내젓는다. 안내원은 지팡이를 받고 내려올 때 돌려주라 하였다.

유영굴 턱밑까지 삼십여 분 올랐더니 땀이 많이 났다. 굴에는 참배객이 많다. 안내원은 그곳 쉼터에서 팔고 있는 차이 한 잔씩 열두 명의 도반에게 대접했다. 생수보다 차이 한 잔이 갈증 해소와 활동할 힘이 된다는 말을 덧붙였다. 잠시 유영굴을 뒤로하고 앞을 내다보니 바람맞이가 되고 멀리 내려다보였다. 중간 마을에 보이는 하얀색 건물은 법륜스님이 세운 학교와 병원이라고 하였다. 이미 굴 입구에는 대만 순례객과 미얀마 순례객이 바위 그늘에서 저들만의 언어로 설법 듣고 있었다. 모자를 쓰고 하얀 옷과 갈색 단체복으로 구분되는 사오십 명이었다.

고타마 싯다르타 부처님이 수도하였다는 바위굴 안으로 비집고 들어갔다. 그 시절에도 바위 그늘에 의지하여 돌 틈에 앉아 비바람만 피했을 듯하다. 지금은 문을 만들어 수행자가 지키고 있다. 굴 안에는 부처님이 모셔졌고 보통 후불탱화 자리가 처음 보는 광경이다. 바위그늘처럼 여겨지는 전면에 회색으로 칠해졌다. 후불탱화 자리에 검은 페인트칠을 하여 금색으로 사각 띠를 둘렀다. 부처님 광배 자리로 추측하는 곳에 금색 동그라미가 그려졌다. 항마촉지인 수인을 한 등신불은 부처님이 육 년 고행하며 앉았던 자리에 염화미소를 띠고 모셔져 있다. 누군가 살은 빠지고 갈비뼈만 드러낸 고행상을 조그맣게 조성해 놓았다. 숙연해진다. 비좁은 곳에서 삼배를 올렸다. 두 부처님은 우리에게 무엇을 말하려 하는 것일까.

카필라성에서 왕자의 지위를 버리고 나온 고타마 싯다르타는 중생을 제도하려고 29세에 유영굴 안으로 들어갔으나 답을 찾지 못했다. 그림자는 어디에 걸쳐두고 왔는지 찾아보아도 흔적이 없다. 후불탱화 자리의 커다란 검은색 보자기를 그림자로 여기고 있는지 궁금하다. 빽빽이 들어선 참배객이 많아 명상도 못하고선자세로 삼배만 드리고 나왔다. 바로 옆의 작은 굴로 들어갔다.

작은굴은 머리가 부딪칠 정도로 천장이 낮아 안에는 온통 벽면이 시꺼먼 그을음으로 차 있다. 양초 공양과 향 공양으로 얕은 공간은 쉽게 그을렸다. 이 공간에도 황금 부처가 나지막하게 고행 수도상으로 앉아 있다. 불전을 올리며 참배하는데 옆자리에 앉은 타국 스님이 손짓한다. 검은 상의 자이나교 부처였다. 또 다른 굴에는 티베트 불교의 달라이라마 사진을 놓고 마당에 소염부 탑까지 세웠다. 탑의 중심부에 커다란 눈이 있어 매직아이로 여긴다. 이렇게 인도에는 여러 종교가 한 공간에 공존공생

하며 살아가고 있다.

내려오는 길이다. 지팡이를 찾아 돌려줘야 할 마음이 앞섰다. 남자가 건네준 지팡이 덕분에 양쪽을 짚으며 경사로를 편하게 올랐다. 지팡이 주인은 쏜살같이 나를 찾아 바짝 쫓아왔다. 이젠 적극적으로 5달러를 주라한다. 과자를 사서 길에 앉아 있는 사람에게 나눠주라는 시늉이다. 거역할 수 없어 과자를 나누어 주었다. 길가에 앉은 불가촉천민은 어른 아이 모두가 서로 옆에서 무언無言의 손만 계속 내민다. 안내원은 과자가 턱도 없이 모자람을 보고 작은 루피를 환전해주었다. 루피 백 장은 금방 동났다.

구리빛 주름이 가득하고 노쇠한 할머니는 우유 한 잔이라도 살 수 있을지 미안한데 두 손으로 공손히 치켜든다. 새까만 눈동자가 마주쳤다. 저 사람은 전생에 내 할머니였는지 눈물이 고였다. 처음으로 감사함을 눈으로 교감한 노인이다. 보시하는 순간만큼은 나의 허기진 배를 대신 채워지는 느낌이었다. 젊은 시절에도 불가촉천민이었으니 농사도 못 짓고 어떻게 살았을지 처량하다.

얼마 전, TV에서는 법륜스님은 수자타 아카데미 운동장에서 열다섯 마을주민 만인에게 공양했다. LA 교민 중 한 분이 베푼 보시였다. 교민은 아들과 남편이 죽자 전 재산을 기부하여 마을주민 만 명에게 쌀 10kg과 도시락, 과일을 나누었다. 그날은 인도에 봉사 시작한 지 삼십 년이고 만 일이 된 날이어서 만인 공양을 기획하였다. 1,250 비구를 본뜬 한국 운영진 1,250명이 있었기에 가능한 일이었다. 재학생 600명은 검붉은색 교복을 입었다. 학생은 점심시간 알리는 종소리에 접시 하나 들고 구름처럼 몰려와 급식을 받았다.

유영굴을 오르며 중생구제에 나섰던 스님. 지금 마음은 어떠하실까. 어린아이에서 청년이 될 때까지 무료 교육과 급식을 통하여 얼마나 다가섰는지 궁금하다. 유영굴 안의 금띠 두른 검은색을 보자기라 여겼을까. 스님은 찾아 나선 수행처에서 아직도 수행이 끝나지 않았나 보다. 마을 사람에게 보자기를 풀고 싸기를 반복하고 있으니 말이다.

상월결사 108순례단 소식은 우리가 귀국한 20일 후 조계사에서 '순례단 회향식'을 하였다. 더위와 배탈과 체력고갈에 정법을 찾아 나선 스님들은 보리도菩提道를 이루었으리라. 인도에서 등불이 되어준 스님들의 고행은 별이 되어 반짝거린다.

나는 한 줄로 몰입하여 걷는 자비만행慈悲萬行을 바라보며 허기로 찼던 순례 욕망이 부끄러워졌다. 오늘도 참회 진언을 외운다. 옴 살바 못자못지 사바하.

신작〈2023.1. 제주문화 예술재단 문예진흥금 신청〉

인 연

부부싸움을 하지 않고 일평생을 산 사람은 드물 것이다. 어떤 계기에 갈등의 강도를 잘 조절하면 확실한 약이 된다. 학창 시절의 한 은사님은 부부의 삶은 고무줄과 같아서 늘이고 줄이기를 잘해야 백년해로할 수 있다는 가르침을 준 적이 있다.

결혼 중반기에 서로의 성격 탓만을 하다가 위기를 맞았다. 서로에게 '고맙다, 수고한다.'라는 격려의 말보다 티격태격이 앞섰다. 두 아들이 고학년을 맞으면서 경제적인 면에서 지출이 가장 많을 때였다. 공무원의 아내로선 한계가 있었기에 사업에 뛰어든 지도 이십여 년째였다. 풀어야 할 고민의 숫자는 많아지고 머리도 점점 무거워질 무렵이었다.

제주시 신산공원 입구의 갤러리에서 '선서화 전시회'란 현수막이 눈길을 끌었다. 제주 출신의 스님이 워싱턴에 선원 건립을 하기 위해 발원을 담은 작품 전시회를 연다는 문구에 발길이 머물렀다. 갤러리에 들어서자 낯설지 않은 풍경이 눈에 들어왔다. 광채가 나는 두상에다 육 척 장신인 경암 스님이 구경 온 대학생에게 선서화禪書畵화를 그려주고 있었다. 농담의 조화를 부린 먹그림에 붉은색의 꽃을 넣어 빠른 속도로 완성해가는 모습이 사뭇 진지했다.

전시장 한 바퀴를 둘러보는데 고급스러운 액자 속에 학이 정좌하고 있는 작품 하나가 시선을 사로잡았다. 삼십 호쯤 되는 그림 상단에 쓰인 글씨가 가슴을 흔들었다. 〈靑田仙鶴夫妻樂〉. 화폭의 반 이상에 여백을 살려 표현한 그림 속에서는 붉은 태양이 서산마루에 떠 있고, 푸른 들판의 야트막한 봉우리는 제주의 오름처럼 편안하게 느껴졌다. 들판에 학 두 마리가 사이좋게 머리를 아래로 향하여 한쪽 발로 서 있는 모습이 무척이나 정다워 보였다. 체온 유지를 위하여 날개 속에 움켜쥔 다른 발은 비상을 위한 본성처럼 느껴진다. 십 년 후의 내 삶의 모습을 보여주는 그림 같다. 이상한 끌림과 에너지가 느껴졌다. 거실에 걸어놓고 남편과 나도 저 학처럼 의지하며 지낸다면 얼마나 즐거울까.

난생처음으로 구매하게 되는 그림이다. 스님이 그렸기에 남다른 생각이 들었던 건 사실이다. 먼저 색감에서도 먹 향만이 아니고 자연염료인 초록과 구전영사九煎靈砂나 경면주사鏡面朱砂인 듯, 붉은색으로 들판과 태양을 채색했다. 먹이를 찾는지 아래를 향한 학의 시선과 부리의 모습은 말을 건네듯 살아있는 느낌이다. 다시 한번 갤러리 내부를 한 바퀴 돌아도 발걸음은 그 작품 앞에 멈춰 서 있다.

스님이 내 앞으로 다가와 학 그림에 대한 설명을 시작하자 내 생각과 스님의 설명이 일치한 것도 우연이 아닌 듯싶다. 훌륭한 일하는 스님의 작품이기에 더욱더 소유하고 싶어졌다. 수은과 유황이 함유된 광석을 수비水飛하여 비싸다는 경면주사의 신비로움은 무엇일까. 붉은 기운과 에너지 넘치는 스님의 작품이 집에 걸린다면 좋은 일만 생길 것 같다. 긴 흥정도 하지 않고 스님의 좋은 佛事에 보시하려고 결정하였다.

언제부터인가 구매 의사가 결정되면 적정선에서 사는 습성이 생겼다. 영업활동을 하면서 행하는 것만큼 받는다는 걸 징크스로 믿었기에 내린 결정이었다. 전시회 끝날 때까지 빨간 스티커만 붙였다가 사무실로 배달하기로 약속했다.

스님은 수덕사 말사인 마곡사에서 득도하면서 의제 허백련 화백과 인연이 되어 선서화와 사군자를 배웠다. 스님이 십여 년을 공부하며 경지에 이를 무렵 삼청교육대 사건에 휘말리자 미국으로 피신했다. 이십 년 이상을 미국에 살면서 워싱턴 불교신문을 발행하고 포교 활동과 그림을 그리면서 수행의 근본이 되었다. 물론 여러 명의 상좌스님도 따랐다.

국내 전시회를 연 후, 부처님 복장 의식 보존회를 설립하여 묻혀 버릴 뻔했던 전통적인 방법으로 젊은 스님들께 전수했다. 불상의 頭부와 몸통 하단에는 금, 은, 보화, 칠보, 진주, 호박, 비취 등 백여 가지 물목을 넣고 여러 가지 곡식의 씨앗을 한지에 포장했다. 의식은 사경 한 경전을 빈틈없이 감싸 삼 단계로 나뉘어 몇 겹으로 둘러싸는데 영원한 깨달음을 바탕에 두었을 거다.

사무실로 돌아오자 무겁던 머리도 씻은 듯 맑아지고 작품이 도착하기를 기다려졌다. 그날 저녁 남편에게 자초지종을 설명했더니 의외로 잔소리도 없다.

거실 벽에 작품을 걸어놓으니 갤러리에 온 듯하다. 학을 보는 순간 口業을 짓지 말라고 경고하는 것만 같아 부끄러운 마음에 머리를 조아렸다. 이젠 못마땅한 일이 많아도 방하착하는 마음으로 내려놓고 살리라.

십오 년이 지난 그림이지만 색감이 뚜렷하다. 이 작품은 아들에게 물려줄 생각이다. 그림으로 인해 얻어진 화평이 좋은 인연으로 이어져 가는 것에 감사할 따름이다. ●

미발표 〈2014.10. 창작〉

오어지를 가슴에 담다

축 늘어진 어깨에서 삶의 애환을 느껴졌다
인생길에서 병고는 누구나 겪고 나서 눈을 감는 것이라
일러주고 있다.

천년고찰을 찾아다녔다. 깊은 병을 앓으면서 도력이 깃든 절이라면 더 의지하고 싶었다. 일반인이 왕래가 뜸한 곳에서 나를 돌아보고 싶은 마음 가득하였다.

아들한테 오어사에 가자고 부탁하였다. 아들은 인터넷을 검색하여 무작정 출발하였다. 따라나선 유치원생 손자와 함께해서 좋았다. 아들은 부산으로 이사한 지 얼마 되지 않아도 암 수술 후 회복단계의 나를 격려하며 무조건적 사랑으로 응해 주었다.

도로가 평탄치 못하다. 안내길 따라 올라가는데 버스가 올라가지 못하는 이유를 알았다. 찾아가는 사찰은 애끓는 내 마음을 알아주고 있나 보다. 꾸불꾸불 도로에 폭조차 좁으니 차량

두 대의 교차는 힘들어 보였다. 주말에는 출입을 제한한다. 그런 도로에 들어서자 손자는 얼굴이 파래지더니 순식간에 자동차 안을 오물로 뒤범벅하고 말았다. 오어사 입구에 도착하자 아들과 손자는 뒷정리를 했다.

맞은편 돌계단 위로 보이는 오어사 편액이 특이하다. 나의 착각은 다섯 마리 물고기 사연이 깃든 줄 알았다. '나 오吾'자와 '물고기 어魚'자를 쓰고 있다. 편액 아래로 대웅전 문이 활짝 열려 삼존불이 우리를 내려다보고 있다. 마당에 내린 햇살이 반사하여 이상세계인 듯하다.

이 사찰은 삼국유사에 일연스님이 신라 진평왕 때 '항사사'로 기록했다. 갠지스 강가의 자잘한 모래알처럼 많은 사람이 출세할 것이라 하였다. 오어사는 신라 고찰로 원효, 자장, 혜공, 의상 등 당대의 고승들이 수도했던 곳으로 유명하다.

삼배를 마치고 나왔다. 대웅전의 꽃 창살 문에 국화와 모란꽃이 그윽하다. 모란을 바라보니 마음이 평안해진다. 경전을 읽으며 법당에 앉아 기도하고 싶은 마음 가득했는데 손자 생각으로 일어섰다. 경내를 나서자 마음속의 짐을 조금씩 내려놓아서 가벼워졌다.

손자는 오어지의 수변이 상쾌해서 정신이 드나 보다. 나와 눈이 마주치자 달려와 손을 잡으며 이끈다. 오어지의 기氣라도 받고 내려가야 둘이 건강할 것 같다. 연못을 가로지르는 출렁다리 원효교를 손잡고 건넜다. 원효대사는 구름다리 놓아 건넜다는 도력道力 때문이었는지 출렁다리가 생겼다. 흔들흔들 출렁거리는 다리를 건너면 오어사 둘레길이다.

출렁다리를 지나자 나무와 비스듬한 흙길에 산책길이 이어졌다. 오어사 주변은 수묵화처럼 보여 새로운 관광 명물로 떠오르고 있다. 둘레길에는 오어사의 지형적 특성이 살려져 지친 심신을 달랠 수 있게 간이의자까지 놓여 있다. 앙상한 나무뿌리도 물가로 하나둘 발을 뻗어 영원한 생명력으로 이어가고 있다. 나무뿌리가 흙길에 굵게 드러났다. 신라 시대 사람을 만난 듯이 저잣거리에 나선 것 같다. 운제산의 숲으로 둘러싸인 자연환경은 사계절이 변화무쌍하겠다. 낙엽이 깔리고 구부러진 보행로에 와자지껄한 옛날 소리가 들린다. 특이한 어울림이 마음을 차분하게 만든다.

손자는 내 손을 꼭 잡고 나무뿌리 계단을 내려서며 조심하라고 일러 준다. 손자는 생태 유치원에서 나무숲을 많이 걸었다고 자랑한다. 숲이 인간에게 주는 이로움을 줄줄이 늘어놓는다.

연못은 수묵화 병풍 속의 내川가 되었다. 연못이 호수 같고 사찰을 감아 돌게 산으로 에워싸여 물 끝이 보이지 않는다. 굴곡진 산세는 가을 단풍 들면 폭죽이 터질 태세다. 연둣빛에서 청록 잎사귀가 붉은빛을 발하면 극락이 따로 없겠다. 이곳은 사시사철

물이 풍부한 오어지인가 보다. 산에서 내려온 빗물은 비가 오면 모아 흐르다 산세의 아랫부분을 만나면 소리 없이 꺾이고 또 꺾였다. 물빛 따라 흐르는 곡선이 아름답다. 신선은 이곳에 거주하여 구름을 타고 이산 저산 다닐 것만 같다.

오어지를 가슴에 담고 싶다. 잔잔한 연못은 산 그림자가 물 위에 그림자를 드러냈다. 반영사진은 화가의 작품이다. 물비늘 조차 숨을 죽이고 있어서 물속에 큰 나무가 어린 듯하다.

물가로 내려갔다. 손자와 나는 손이라도 씻으며 감촉을 느끼고 싶었다. 예상외로 물이 깨끗하고 시원하다. 돌멩이 하나까지 드러나며 이끼조차 없어 보인다. 손자가 물고기 한 마리를 발견하였다. 그리고 보니 투명한 물고기가 떼 지어 다닌다. 손가락 크기였지만 생명의 신비에 뚫어지게 처다보니

"할머니, 물고기 잡지 마셔요." 일러준다. 스님과 일화가 깃든 물고기가 생각났다.

오어사 유래는 원효암에 계셨던 원효대사와 항사사에 만년晩年 계셨던 혜공스님이 물고기를 살리는 법력을 거루었다. 혜공스님은 소싯적부터 신령스러운 현상을 자주 나타내자 출가했다. 원효대사는 많은 불경을 저술하며 자주 혜공스님에게 묻고 농담을 나누었다. 뱃속에 들어갔던 물고기를 살려내는 스님의 도력이 핵심이다. 노스님의 장난이란 서로의 도력을 테스트하는 것이

다. 가끔 선문답을 통해 세상의 이치와 불교의 진리에 대한 의견을 주고받았다.

혜공스님의 도력은 절의 우물에 들어갔다가 나와도 옷이 젖지 않았다는 전설도 있다. 오어지에서 발견된 동종이 연못 준설 하다 발견된 사실은 혜공스님의 화신化身으로 여겨진다. 오어지에 묻힌 동종은 오랜 세월 수중水中에 있어도 학술적, 문화적 가치가 뛰어났다.

스님은 전쟁으로 피폐해진 백성들의 삶과 애환을 함께하며 불교의 대중화를 위해 애썼을 것이다. 불살생이나 자비를 말하는 것이 아니라 그저 어설프게 꾸며진 이야기 속에 도력을 부각한다. 신령스러운 속설을 많이 남긴 혜공스님은 공중에 떠서 열반했다고 한다. 사리가 헤아릴 수 없을 만큼 출현했다는 일은 관음경 하나로 삼십 년을 공부한 법력으로 나타났다.

노부부는 간이의자에 앉아 쉬고 있는 뒷모습이 정겹게 보였다. 축 늘어진 어깨에서 삶의 애환을 느껴졌다. 물가에 옹이 진 나무를 바라보며 나무의 비바람에 힘들었던 일생도 생각해본다. 인생길에서 병고는 누구나 겪고 나서 눈을 감는 것이라 일러주고 있다. 황혼이 저문다.

<2022.1.23. 제주불교신문 도대불 게재>

특절난 49재

성님, 극락왕생 하십서.
메누리가 특벨나게 사십구제 햄수다.

　시어머님이 떠나셨다. 하필이면 마지막 면회 한 날은 폭염이 지속되어 하루하루가 염려되었다. 어머니를 부르는 며느리 목소리만은 잊지 않으려는 듯 감긴 두 눈을 억지로 뜨려 하였다. 대답하려해도 숨이 찼는지 입안에서 옹아리를 하여 입 모양만 움직였다.

　병중의 시어머니를 십여 년 동안 모시며 스무 번도 넘는 죽음의 고비를 보았다. 그럴 때마다 내 손길 닿는 순간이 마지막이려니 했다. 한 번 가면 돌아오지 못할 길, 후회 없이 최선을 다하려고 노력하였다. 평소에 감기도 앓지 않던 어머니는 행동과 말이 어눌해지더니 치매를 동반한 뇌경색이 시작되었다. 황금시간 안에 응급실에 도착하였다. 갑작스레 한 달간 입원하여 퇴원 후에는 우리 집에서 지냈다.

　퇴원 후에도 얼마 못 살 것 같은 불길한 예감 때문에 숨소리조차 놓칠까 봐 잠자리를 같이했다. 남편과 나의 지극 정성은 삼년 동안 24시간을 어머니의 손과 발이 되었다. 기저귀 교체도 나의 도움을 받으며 지냈다. 관절이 굳어가자 화장실 출입이 곤란하여 스스로 요양원으로 가겠다 하였다.

　요양원에서 칠 년을 요양보호사에 의지했다. 휠체어에 앉은 채로 면회실에서 마주했다. 우리 집에서 지낼 때 무릎 위에 앉았던 증손자는 기억하는지 어렴풋하여도 동영상을 보며 같이 웃었다. 금방 한 말도 되묻고 처음엔 그러려니 하였다.

　"나 언제 죽어 질 거냐?"

　"부처님이 오라고 해야 가지요."

　"맞다. 맞아. 아무 때나 못 가지." 계면쩍은 표정으로 웃음 지었다.

　죽음은 누구라도 예약되어 있지 않다. 시어머니는 금방 목숨이 끊어질 것 같아도 피골이 상접한 얼굴에 뼈와 살갗뿐인체 오래 살아주었다. 87세에 우리 집에서 지내다 96세의 일기를 마지막으로 내려놓았다. 뙤약볕이 지속하는 여름에 평생 농사일을 천직으로 알아서인지 흙이 그리워 서천 꽃밭으로 가셨을까.

사십구재를 모시고 관욕 재개하는 시간이다. 두 스님이 바라춤으로 의식을 시작했다. 병풍 뒤에서는 잠든 영가를 깨우며 목욕 의식이 진행되고 있다. 나는 영가를 향하여 하염없이 절을 하였다. 승무에 이어 나비춤과 북소리를 들었다. 그동안 나의 고생을 달래주는 듯 피리 소리도 울렸다. 영가도 듣고 있겠지.

시어머니가 마련해둔 수의 가방 안에서 호계護戒첩을 발견하였다. 장병에 효자 없다더니 종교가 다른 형제간의 문제로 사십구재조차 건넜다면 이다음에 내가 어떻게 뵐까. 계첩 속 한지에 증명 법사가 붓글씨로 수지한 '다보혜'라는 법명을 펼쳐 든 순간 눈물이 앞을 가렸다. 호계첩은 무엇과도 바꿀 수 없었다. 남편을 낳고 건강하기만 기원했던 시어머니의 염원이 위대해 보였다. 영가 전에 호계첩을 올려놓고 고유문을 낭독했다.

"사랑했던 어머님, 다시 불러 봅니다. 어머님의 다비를 치른 후 영정을 모시어 절에서 초 재를 지내는 날이었습니다. 노란빛이 영정 주변과 영가 전에 환히 비추었습니다. 어머님이 보내신 아미타 부처님, 광명의 빛이었는지요. 앞으로도 그 빛을 좇아서 무조건 따라가서요. 며느리는 가는 듯 오고 오는 듯 오는 목련 존자가 되겠습니다. 오른쪽 어깨에는 아버님 영가를 업고 왼쪽 어깨에는 어머님 영가를 업어 계속 걸어가겠습니다.

그동안 며느리로서 겪은 고통은 일평생 어머님이 겪으신 괴로움에 비하면 머리털 한 가닥에 지나지 않았습니다. 96년이나 이 생에서 지내는 동안 자식들로 인한 섭섭한 일 간직했다면 모두 풀어주시고 자손들 앞길에 걸림이 없이 헤쳐나갈 수 있기를 소원합니다.

다보혜 어머님은 제가 결혼할 때 마련한 혼수에서 고무신 크기도 같다고 마냥 좋아하셨지요. 어머님의 사랑을 이어받아 저도 며느리에게 포근히 베풀겠습니다. (중략) 어머님이 손수 마련해 둔 곱디고운 수의 가방 속에서 증명 법사가 수지 했던 호계첩을 동봉하였습니다.

서방정토 극락세계에서는 어떠한 괴로움과 고통도 겪지 마셔요. 49일 동안 마련했던 성스러운 재를 회향하면서 자손들 다 니도 낱낱이 보냈습니다. 즐거웠던 일 여행 갔던 일만 생각하면서 먼 길 소풍을 떠나셔요. 부디 영면에 드시옵소서. (하략)" 뒤에서 흑흑 거리는 소리가 들렸다.

시어머님께 마지막으로 고유문을 들려 드리려고 내가 시 낭송을 배웠나 보다. 다시 부를 수 없는 이름이라 여기니 목이 메어 온다.

회향에 참석한 일곱 분 스님께 감사의 절을 올렸더니 최고의 의식이었다고 덕담해 주었다. 초청된 큰스님이 의식 중에 해주었던 회심곡도 귓가에 맴돈다.

주지 스님은 고인을 위하여 도두 바다에 물고기 방생을 마련해 주었다. 그 자리에 함께한 친척은 "성님, 극락왕생 하십서. 메누리가 특벨나게 사십구재 햄수다."라고 외쳤다. 바다는 잔잔한데 퍼덕거리는 커다란 물고기가 하늘로 올랐다가 꾸물거리며 물가로 내려앉는다. 파란 하늘에 구름이 천천히 지나며 웃음으로 대답하고 있다.

〈2018.12.26. 제주문학 겨울호 게재〉

Chapter_ 4

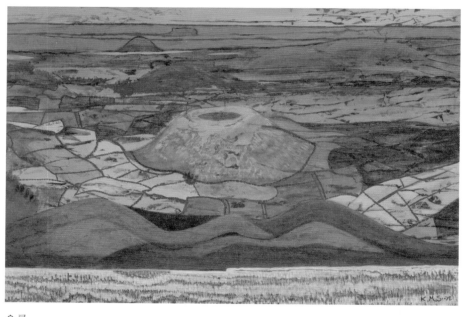

오름

새를 찾아서

그동안 나는 얼마나 담으려고만 노력했던가.
새의 영혼을 닮고 싶다.
마스크를 벗어 던졌다.

  바람이 분다. 그것도 억세게 세찬 바이러스 바람이 전 세계를
향하여 불고 있다. 쌓아둔 방어막조차 와르르 무너지고 있다.
갑작스러운 '코로나19 바이러스'는 태풍급에 해당하는지 소리
없이 죽어가는 세계인이 많아지고 있다.

  호흡기 접촉으로 불어난 피해 확진자는 전쟁을 뛰어넘게 하였
다. 메뉴얼대로 지역 간 이동금지와 사회적 거리 두기를 처음부
터 지켰더라면 전 세계로 급속도로 확산하는 피해는 줄었을 테
다. 취약계층과 기저 질환자들은 두려움으로 잠 못 이루는 밤도
많았다. 이제 와 미온적인 선포를 탓해서 무엇하랴. 두 달 만에
마스크 끼고 집을 나섰다.

길가의 벚꽃도 바이러스 전쟁 통에 움츠려 있는 줄 알았다. 계절을 안은 꽃소식은 소리 없이 왔다가 난분분 꽃비 날리며 붉은 입술을 재촉하였다. 도로 분리대에 심어진 영산홍은 가는 뼈대 사이를 비집고 나온 성냥개비가 밤새 폭죽을 터트렸나 보다. 꽃이 피고 지는 것은 바이러스와 상관없다.

무작정 해안가로 자동차를 몰았다. 새를 찾아 나섰다. 인간을 향한 바이러스는 조류의 움직임과 연결된 때가 있어서 새들은 무사한지 보고 싶었다. 한때는 조류 독감으로 접근 금지했는데 물 위를 떠도는 한두 마리 새만 보아도 위안이 될 듯하다. 새를 주시하다 보면 세계 언론이 앞을 다투던 생명의 위협에 답답한 마음조차 털어내고 내 몸이 가벼워질 것만 같다.

철새도래지를 향하는 동안 죽음의 바이러스 앞에서 죄인이 된 느낌이었다. 몇십 년 전의 도로처럼 한산하다. 생명을 외면하며 살아온 회한이 나를 주눅 들게 한다. 만남과 이별의 경계를 소리 없이 넘나든 일이 얼마나 많은가. 하도리 철새도래지에 도착했다. 새가 없다. 어디로 피난 갔을까. 코로나 방역으로 너무 독하고 쓰디쓴 약 냄새에 숨 쉴 수 없었나. 덜컥 겁이 났다. 종달리 저수지 쪽으로 향했다.

저수지 가까이에 지미봉이 있고 조금 멀리 두산봉이 보였다. 해안도로를 달리다가 골목으로 들어섰다. 밖에서는 보이지 않는 저수지가 숨겨있다. 그곳은 말로만 들었던 장소여서 천천히 운전했다.

"물따따 물따따."

"꽉 꽈악."

"까르르 까르르."

고음으로 노래하고 있다. 졸 졸 졸 흐르는 물은 어디서 흘러왔을까. 맑은 물소리는 청량감이 있다. 저수지 길을 따라 들어서자 시멘트로 된 둥근 수로가 보였다. 물은 투명하여 식수로도 가능할 만큼 내 얼굴이 비쳤다. 흐르는 물의 종착지는 썰물이면 맛조개를 잡는 종달리 바닷가였다.

백여 마리의 물닭새는 몸체는 검지만 머리와 부리가 하얗다. 먹이를 찾아 부리를 물속에 넣고 올리기를 반복한다. 물닭새와 유난히 깊게 빛나는 비췻빛 청둥오리, 원앙, 물까마귀가 수중 발레 하듯 원을 그리며 노래하고 있다. 여러 마리의 물고기가 떠다니는지 동료를 불러 모아 노래하고 춤춘다. 새들의 모습을 보는 내내 침침하던 눈까지 번뜩 뜨게 만들었다. 청둥오리와 원앙은 헤어지지 말자고 두 마리씩 붙어 다니는 부부였다. 인간이 새에게서 이치를 배우는 순간이다.

저수지에는 백로가 맑은 물 주위에 모여졌다 흩어지기를 반복하며 노닌다. 저쪽 멀리 동쪽 물가에 갈대로 보였는데 하얀색 백로 백여 마리가 펭귄처럼 서 있다. 카메라 줌을 당겼다. 연두색 두꺼운 잠바를 입은 탐조객은 망원렌즈 카메라를 길게 들이대고 갈대 사이에 숨어서 관찰하고 있다. 기역 자로 목을 길게 빼거나 에스 자로 움츠린 새의 모습은 상형문자다.

이렇게 많은 백로를 처음 보았다. 목을 에스 자로 움츠린 자세와 가는 다리조차 숨긴 모습은 영락없는 펭귄이었다. 줌으로 당겨서 바라본 백로 사이에는 회색 백로도 여러 마리 섞여 있다. 머리에 하얀 왕관을 쓴 백로의 부리는 길고 거무스레하다. 구애하고 있으려나. 저들만의 언어로 인간에게 뭐라 하고 있을까.

백로가 날아다닌다. 날개를 활짝 펴서 저수지 위를 떼 지어 날다가 브이나 더블유 모형을 만든다. 회색 백로는 접었을 때는 몰랐는데 날개를 펴서 날자 검은색 깃털이 날개 가장자리에 짙게 보였다. 저공으로 날아다니는 모습은 브이 모형으로 검은색 깃털이 뚜렷하게 새겨져 내 눈을 황홀하게 한다.

서너 마리 백로는 공중에서 역 바람을 맞으며 쇼를 벌였다. 검은색의 가느다란 다리와 발을 곧게 펴서 흩어졌다 모으며 고음의 언어를 던졌다. 에스 자로 목을 구부리고 검정 부리는 바람 방향을 가르는지 일자형이다. 어린 새 한 마리는 살포시 물 위에 내리려는데 닿을 듯 말듯 바람에 날린다. 목이 쑤욱 들어가 날갯짓하며 가느다란 검은색 다리만 부르르 떨었다.

유독 새 두 마리는 물 위를 걸으려는지 발가락을 딛지 못하였다. 긴 목을 빼서 한일자로 되게 날고 있다. 몸통으로 봐서 어미와 새끼인 듯하다. 머나먼 길을 가기 위한 예행연습일까. 흰색 무리는 동서남북으로 날아갔다 되돌아오며 저수지 위를 뒤덮는다. 이런 모습을 처음으로 바라본다. 무리 지었던 백로는 둑을 향하여 날아와 긴 목을 물속에 넣어 고기 잡기도 하고 고개를 털며 몸매 자랑했다.

외부에서 물이 유입되며 물거품이 일어나고 있다. 먹이를 찾아 몰려 있던 물닭새와 청둥오리도 낮게 날아다닌다. 철새로 날아왔어도 텃새로 정착했으면 좋겠다. 새들은 혼자 힘으로 이역만리 길을 가겠지만, 협동을 필수조건으로 할 것이다.

가만히 새를 보고 있노라니 다른 세상에 와 있다. 나 혼자 남겨진 기분이 들었다. 저수지 서쪽 둑에 앉았는데 귓불이 시려왔다. 새들이 놀랄까 봐 다소곳이 머플러를 둘러 감았다. 코로나 19 바이러스는 인간관계까지 격리했다. 불안한 심리에 집에만 갇혀진 답답한 현실이고 보니 새를 찾아 여기에 오기를 잘했다. 숨통이 트였다. 심호흡을 크게 하였다.

새처럼 날고 싶어 내 머리에 가득 찬 두려운 상상과 망상에서 벗어났다. 새의 머리가 인간보다 적은 것은 방향 제시만 할 뿐 욕심이 없는 비움이다. 그동안 나는 얼마나 담으려고만 노력했던

가. 새의 영혼을 닮고 싶다. 마스크를 벗어 던졌다.

눈에 보이지 않은 바이러스는 순식간에 사람의 마음도 움츠러들게 했다. 공기 오염이 줄어든 것을 깨닫게 되었다. 맑은 공기는 햇볕과 바람으로 저수지를 뒤덮었다. 저수지 위에 윤슬이 고운 비늘처럼 퍼진다. 내 마음도 비우고 채워진다.

〈2020.11. 수필광장 21호 게재〉

갈라파고스와 우도

눈을 감아본다.
스르륵 파도가 밀려왔다가 모래 한 줌을 데리고 내려간다.
밀려올 때 따라온 모래보다 더 내려간다.
예전에 쌓여있던 모래성이 그립다.

　'인문의 바다' 강의실에 갔다. 강사는 갈라파고스 하면 떠오른
것이 무엇인지 보여준다. 세계인이 버킷리스트 상에 가보고 싶은
곳 1위라고 서두에 씌어 있다. 지금도 분화가 일어나는 섬이다.
악조건의 섬인데 여행비는 체류 기간 대비 최고가 일 듯하다. 전
기시설은 풍력발전기 넉 대를 한국에서 지어 주었다. 과연 어디
에 위치하여 있기에 무엇을 그토록 갈망하고 방문객이 늘어나는
나라일까.
　갈라파고스는 에콰도르가 본토인 태평양 동부 쪽의 섬이다.
해적의 도피섬이었는데 사람을 무서워하지 않는 동물이 사는 섬
이다. 이 섬은 찰스 다윈의 진화론 연구소 설립으로 섬의 97%가

국립공원으로 지정되어 개발할 수 없는 곳이다. 인구도 1970년 대에 삼천 명이 살았지만, 지금은 삼만 명에 이르렀다. 어떤 점이 적도의 파라다이스로 바꾸었는지 궁금하다.

백 년이나 사는 땅거북과 군함조·바다펭귄·바다오리·펠리컨 등이 있다. 지구상의 조류 중 약 500여 종은 바다와 관련을 맺고 살아간다. 이들은 먹이를 바다에서 얻는다. 진화연구소가 있어서 사람들이 다른 행위를 할 수 없게 하여 보전해야만 하는 환경이다.

먼저 갈라파고스 주민들은 극심한 환경변화에 적응했다. 본토에 비하면 물가는 자체 생산이 없고 외부에서 들여오니 엄청 비쌌다. 입장료를 인상해야 할 당면과제였다. 물·식량·에너지 자급자족 등 지속인 일이 문제였다. 정책 관리자는 지역주민의 복지와 책임 있는 환경 및 자연 보전관리를 현안으로 삼았다.

지역주민에게는 느슨하고 관광객에게는 비싼 요금 부과가 유일한 정책이었다. 그 정책은 고급 관광을 하기 위해 연간 1천만 달러 이상의 입장료 수입 중 47%를 공원 관리에 투자하였다. 그러다 보니 선상 관광 대비 육상관광이 늘어났다. 강의를 듣는 내내 문학 재능기부를 하는 우도가 머리에서 떠나지 않는다.

본의 아니게 문학 봉사를 하면서 우도에 자주 드나들게 되었다. 렌터카의 난립은 이삼 년 전부터 갑작스레 불어난 관광객으로 성산항 입구에 장사진을 이루었다. 우도 안에는 차 반 사람 반인 좁은 섬이 되고 나니 주민들도 폭발 직전까지 이른 셈이다. 대책 없는 아수라장은 허다한 교통사고에 상대방과 부딪쳐 전복되는 이륜차로 인하여 다시 오고 싶은 우도가 아니었다.

지난달부터 렌터카가 진입 금지되며 우도 자체에서 전기차로 운영하는 현실에 감탄했다. 경로 우대자와 임산부 및 6세 미만 취약층은 예외 조항을 두어 차량 진입이 허가되었다.

마을이 숨을 쉬고 있다. 자연이 더 깨끗해 보인다. 탄소 없는 마을로 발돋움하는 현실이 눈앞에서 보인다. 약간의 입장료 인상 부분은 있다. 모든 일은 우도 주민이 협동조합을 구성하여 자본출자 하고 환경 살리는 전기차 운행하는 모습에 미래가 보인다.

조그마한 우도에 카페문화와 늘어난 펜션 주인들은 원주민 전부가 아니다. 상행위를 위하여 입주한 이주민과 무지막지하게 건축허가가 늘어나고 있는 현상은 눈살을 찌푸리게 한다. 보전할 것은 온전하게 놓아두는 양심과 행정도 필요하다.

우도에는 갈라파고스의 성공사례를 교훈 삼아서 다시 찾고 싶은 섬, 머물고 싶은 섬으로 태어났으면 한다.

특화된 사업인 땅콩은 해풍 맞고 모래가 섞인 땅이어서인지 별나다. 껍질 째 생으로 먹는 사람도 있지만, 밥에 넣어도 껍질인 줄 모른다. 잔잔한 땅콩이 표나게 다른 지방 농산물과 구분이 된다. 생산량이 줄어드니 가격도 점차 오르고 있다. 요즈음엔 우도에 오면 꼭 땅콩가루 얹은 소프트아이스크림을 한 컵 사먹는다.

눈을 감아본다. 스르륵 파도가 밀려왔다가 모래 한 줌을 데리고 내려간다. 밀려올 때 따라온 모래보다 더 내려간다. 예전에 쌓여있던 모래성이 그립다. ◼

〈2017.9. 뉴제주일보 해연풍 게재〉

허물

자연 속의 허물인 예쁜 꽃도 탈피의 흔적이다.
변화무쌍한 자연을 바라보는 시야가 달라졌다.

오름 둘레 길을 찾아 나섰다. 동창생 여러 명이 동행하여 절물 맞은편에 주차하였다. 이 길은 한화 콘도로 돌아 나오는 흙길이어서 좋다. 고관절로 고생하는 친구가 있어서 안성맞춤이다. 비탈길이 별로 없으니 평지를 걷고 자연과 대화하며 흙냄새 맡기 딱 좋았다.

길가 풀잎에 맺힌 이슬은 따사로운 봄 햇빛을 받자 반짝거렸다. 보석이 붙어 있는 듯했다. 황매화가 노란색 봉우리를 펼쳐가고 있다. 봄의 전령사인 유채꽃도 꿀을 머금어 향내 가득 번져왔다. 일요일이면 청명한 공기의 맛을 알기에 자주 걷고 있다.

사람이 많이 다녀 생겨난 길옆에는 이름 모를 풀들로 납작 엎

드렸다. 그곳에는 아기 주먹을 쥔 고사리손도 올라오고 있었다. 모퉁이 밭에는 지붕까지 장식된 흔들 그네 의자가 놓여 있다. 크기로 미루어 짐작하면 장정 몇 사람이 옮겨 왔을 듯 크다. 그네는 흰색 페인트로 깨끗하게 칠해졌다. 깨끗한 모습은 보는 이의 가슴을 뭉클하게 하였다. 노랑 유채밭에 하얀색 그네는 드문 풍치여서 사진을 찍었다.

앞 오름의 푸름과 밭 구석의 그네는 여운이 있다. 평화로워 보였다. 이곳에서 한두 시간의 햇볕 바라기도 좋겠다. 오월의 신부는 미래를 향하여 내딛는 첫 촬영을 하여도 손색이 없으리라. 밭 주인은 참 좋은 사람인 듯하다. 지나는 길손에게 배려하는 따뜻한 마음은 마치 이웃집 언니 같다. 여유로움이 느껴졌다. 누가 가져다 놓았을까.

멀리서부터 그네 모습에 취하며 걸어왔다. 반짝거리는 물체가 하얗고 아리아리하게 보였다. 지친 사람이 흔들의자에 앉아서 쉬다가 흘리고 간 소품 같다. 혹시 막 촬영하고 떠난 오월의 신부가 멋진 포즈를 뽐내려고 탈의하다 빠뜨리고 가버린 물건이려나. 은색 비단결 같은 허리띠가 바닥에 뒹굴었다.

가까이 다가서서자 순간 손으로 주울 뻔하였다. 일직선으로 되었으니 멋진 비늘 무늬를 가진 허리띠나 다름없었다. 깜짝 놀랐다. 탈피한 누더기 한 벌이었다. 마치 작은 옷을 벗어 버린 듯

하다. 길 안내 대장이 놀라는 나를 보며

"봄철 둘레 길을 걷당 보민 흔히 있져. 무싱 걸 놀래긴(왜 놀라느냐)?"

이라며 대수롭지 않게 말했다. 하지만, 무서운 기억이 있어서인지 다리에 힘이 빠졌다.

오래전, 아들이 초등학교 때 천여 평의 밀감밭을 가꾼 적이 있다. 손수 밀감 묘목을 심고 농약을 치며 일을 하였다. 밭일이라곤 처음이어서 농민교육원에서 실시하는 올바른 농약 치는 법과 전정 교육까지 받으러 다녔다. 돌이 많은 밭에 계속 투자만 하였다.

십 년째 될 즈음 더운 여름이 지나는 주말 오후였다. 중학생이 된 아들을 데리고 과수원 입구에 들어서다가 붉은색의 작은 뱀을 보았다. 구불거리며 고개를 들고 문 앞에서 멀리 가지도 않았다. 갑자기 오금이 저리며 풀썩 주저앉았다. 나는 너무 놀라 과수원 문을 열지도 못했다. 입구에서 주저앉은 후 며칠간 과수원에 가지 못했다.

붉은색에 머리를 들고 있는 작은 것은 주위에서 말하기를 살모사 정도라 하였다. 왜 그리 놀랐는지 모른다. 유독 뱀을 무서워하여서 울타리 근처에는 농약을 더 뿌렸는데 어찌 살아남았을까. 여러 가지 이유가 있지만, 어리석게도 얼마 되지 않아 헐값으로 그 밭을 팔았다.

제주에서는 뱀을 칠성신神으로 여긴다. 쳐다보기만 하여도 접

촉한 것처럼 여기어 동토動土가 날 줄 알았다. 어른들은 잘못 건
드리면 재앙을 산다고 하였다. 탈피된 모습은 칠성신이 죽었다
고 여겼으니 더 무서웠다. 잦은 병치레하는 남편이 병에 걸리지
않기를 진심으로 바랐기에 더욱 겁에 질렸다. 과수원 문 앞에서
놀란 날에도 나무아미타불을 암송하며 다음에는 인간으로 태어
나 극락왕생하기를 빌었다.

　다음번에 탈피된 모습을 보면 태연한 척하려고 한참 후에야
사전을 찾아보았다. 무섭다고 시작한 사전 찾기는 어리석게 나
타났다. 허물은 탈피 후의 죽음이 아니었다. 파충류는 일 년에
두세 번씩 탈피하고 성장하며 자랐다. 속살이 어느 정도 자라면
외피를 벗는 행동이 탈피다. 허물은 호르몬에 의해 조절되며 모
든 동물계에서 일어난다. 뿔 털 표피 깃털 등의 교체가 모두 탈피
이다. 파충류는 햇볕과 돌 틈을 좋아하며 성장하다가 이곳에서
탈피했나 보다. 길 안내 대장은 이 사실을 알고 있을까.

　그렇다. 내가 본 허물은 멋을 부린 옷 한 벌이었다. 몸통은 커
져도 몸을 싸고 있는 피부가 그대로 있기에 눈물을 많이 흘렸을
것이다. 힘이 있기에 갑옷같이 딱딱한 외피를 일정하게 찢어 탈
출했으리라. 빈 옷이니 허물임이 틀림없다. 나의 무서움은 동물
이 살기 위한 몸부림으로 알고 나니 사라졌다. 어리석게 팔아버
린 밭은 되돌릴 수도 없다.

허물의 내면을 생각해 보았다. 탈피할 즈음의 괴로움과 즐거움을 상상해 보았다. 괴로운 마음 하나를 남긴 흔적은 옷을 벗어 던진 허물인 듯하다. 허물은 눈물 덩어리인 셈이다. 눈앞에 보이는 생장과 번식에 제 몸만 쑥 빠져나갈 때의 기쁨이 상상된다. 허물을 남기고 벗어나서 새로운 길로 나갔으리라.

내 삶을 송두리째 돌아보았다. 허물을 벗어 놓듯 나에게도 즐거움과 괴로움이 많았다. 그때마다 감정조절에 실패한 일은 나에게만 닥친 일로 알았다. 억울하다고 눈물 흘리며 목소리도 드높이지 않았던가. 질병은 허물을 벗는 것이다. 인간도 동물과 마찬가지로 자연의 법칙을 거스를 수는 없다.

봄꽃은 추운 겨울이 지나야 예쁘게 피어난다. 춥고 괴로운 고비는 더 따뜻하고 즐거움을 가져다주려고 존재하는 이유이다. 자연 속의 허물인 예쁜 꽃도 탈피의 흔적이다. 변화무쌍한 자연을 바라보는 시야가 달라졌다.

나는 누더기 한 벌 남긴 것을 무서워하고 경시했다. 남의 허물을 얼마나 어루만져 주었는지 되새긴다. 나의 질병 고통에서 남겨진 질긴 허물은 벗고 벗어도 남아 있다.

자연 속의 한 마리 누더기가 허물투성이인 나를 가르치고 있다. 걷는 걸음이 가볍다.

<2019. 5.7. 좋은 수필 게재>

나비의꿈

죽으면 꿈이 멀으므로
살아있는 동안 꿈을 꾸고 싶다고 애원했는지 모른다.
나비는 꿈꾸는 동안 외롭지 않았다고 말하고 있으려나.

인문학 공부에 빠졌다. 동양고전에서도 장자와 노자의 사상
이었다. 장자는 노자의 사상으로부터 영향을 받은 사람이다. 노
자의 글이 깊고 사색적인 詩라면 장자의 글은 길고 흥미로운 비
유가 많은 소설에 가깝다. 일관성이 있어서 훌륭한 문학 작품으
로 평가받는다. 중국 춘추시대의 인물로 학자들은 보고 있으며
소요유逍遙遊가 명언이다.

나는 장자의 글 중에서 장주몽접莊周夢蹀이 눈에 들어왔다. 장
자가 꿈에 나비가 되어 훨훨 날아다니는 꿈을 꾸었는데 황홀한
나머지 자신의 존재조차 잊어버렸다. 사람들은 잠에서 깨어났을
때 보고 듣는 것이 현실이며 꿈은 환상이라고 생각한다. 하지만

장자는 자신과 나비 모두 현실이며 道가 이동하는 과정이라고 보았다.

나는 공부를 하다가 와우정사에서 보았던 나비가 눈앞에 어른거린다. 조직검사를 받은 후, 착잡한 마음을 달래려고 와우정사의 와불에 기도하러 갔었다.

반달형으로 에둘러진 곳에 충충으로 놓인 계단이 눈길을 끌었다. 그곳에는 현무암으로 조성된 검고 아담한 몇백 개의 부처님이 구경꾼으로 서 있는 듯 착각하게 하였다. 특이한 모습이라 여기는 순간, 검은색 나비 한 마리가 날갯짓하며 그곳에서 탈출하려고 내 앞으로 다가온다. 서 있는 돌부처가 우주의 별로 보이는 순간 어느 영혼이 나비로 환생하여 내게 다가오는지 꿈을 꾸고 있었다.

검은색 테두리의 가운데만 노란색 호랑나비는 어떻게 태어나는지 계절에 따라 크기가 다른 의문이 가는 찰나였다. 습기가 많아 보이는 음침한 장소여서 애벌레는 어떤 모습이었을지 생각이 머무르고 있었다. 갑자기 말벌 한 마리가 대각선 방향에서 날아왔다. 말벌보다 열 배 이상 큰 검정 나비의 허리춤을 순식간에 물더니 파닥거리는 모습도 아랑곳하지 않고 기어코 쓰러뜨렸다. 나비는 오 분여 동안이나 빠져나가려고 안간힘을 써보았으나 기진맥진하였다. 날아가려고 발버둥 치며 내 앞에서 파닥거리는 모습이 가련하다. 나비는 독침에 찔렸나 보다.

사람들이 말벌 집을 건드렸다가 독에 쏘여 불상사가 났던 소식을 접한 후라 더욱 무서웠다. 내가 나뭇가지를 잡고 떼어 놓으려 해도 독침이겠다는 상상에 발만 동동 굴러졌다.

나비가 하강할 때의 모습은 내 젖가슴의 조직 일부를 떼어내면서 세 침으로 생 검 할 때의 아픔으로 밀려왔다. 바로 일주일 전의 일인데 가슴이 찌릿해 오며 자리에서 꼼짝하지 못하고 몸이 무거워졌다.

벌도 나비도 나와 같은 목숨이지 않을까. 나비와 벌의 세계에도 도가 있다. 약육강식의 먹이사슬 관계에서 보면 얼마나 굶주렸기에 냄새와 향기를 맡으며 순식간에 살생을 했을까. 삶의 인연이 그만큼이었는지 자연 생태계의 변화에 주목하고 싶어진다.

어느 시인의 말처럼 죽으면 꿈이 멎으므로 살아있는 동안 꿈을 꾸고 싶다고 애원했는지 모른다. 나비는 꿈꾸는 동안 외롭지 않았다고 말하고 있으려나.

〈2013.8.28. 제주일보 해연풍 게재〉

우정의 종각에 핀 무궁화

종에 새겨진 무궁화와 경계 삼아
피어있는 무궁화 꽃이
애국심으로 가슴에 남아 낯설지 않다.

우정의 종각에 갔다. 로스 엔젤리스에서 삼십 분이나 떨어진 산 페드로시의 남쪽 야트막한 언덕 한국에서 보내온 범종이 걸려 있는 곳이다. 원래 커다란 대포가 있던 맥아더 군사 기지로 바다를 끼고 있어 전망이 좋다.

해안가 절벽은 끝없는 태평양으로 이어질 듯해도 고개를 돌리니 카타리나 섬이 눈앞에 가로막고 있었다. 팔만 톤급의 퀸메리호가 호화여객선으로 명성을 누리다 섬인 듯 가까이 정박했다. 롱비치 항에서 사들인 후 관광명소로 개발하였다. 미인대회를 비롯한 각종 대회를 열고 해안 관광코스로 이용되고 있다. 섬 근처에는 수심이 깊고 근처의 수많은 유전을 파내면서 많은 배가 정박하여 우리나라와도 교역량이 많다.

전달문 선생님과 엔젤스 게이트 공원 주차장에 차를 세웠다. 바닷가 풍경이 도화지에 파란 잉크를 뿌린 듯이 선명하다. 수평선이 뚜렷하게 가까이 보이며 고즈넉하고 조용한 풍경이다. 고국이 생각날 때마다 되돌아가지 못하는 이민자들은 이곳에 와서 기도하고 있다.

잔디가 잘 정돈되어 있어서 속이 뻥 뚫린다. 잘 깎여진 잔디 위에 나뒹구는 외국인과 길거리 농구를 하는 교민을 보며 다민족 국가 문화임을 알아차렸다. 바람이 일자 하마터면 쓰고 있던 모자를 절벽 아래로 날릴 뻔하였다. 가족과 연인끼리 여유로운 그네 타기와 일광욕은 오로라빛 바다와 어우러져 풍요로움을 느끼게 했다. 연을 날리는 아이가 있는가 하면 애견과 함께 산책하는 노부부의 모습도 정답다.

종각에 이르는 길에 들어서자 삼 미터가량 되는 거대한 두 장승이 버티고 서 있다. 고국의 한 마을을 연상시켰다. 해맑게 웃고 있는 '천하대장군 지하여장군' 모습이 우리를 동심의 세계로 이끈다. 장승의 맞은편 쪽엔 전직 J 대통령과 I 국무총리가 식수한 향나무도 세월을 비켜 가는지 조금은 구부정하게 자리하고 있다. 대리석에 조그맣게 새겨진 기증자 이름과 기증 일자만이 대변할 뿐이다.

일직선으로 잘 포장된 시멘트길 오백여 미터 끝에 한국적인 범종각 건축물을 보니 가슴에서 뭉클한 것이 올라왔다. 처마 끝은 버선코를 연상시켰다. 다가가 살펴보니 종각의 청기와 지붕 아래로 한국 고유의 단청이 칠해진 처마의 선이 멋있다. 기둥과 서까래에 흰색으로 칠해졌던 것을 사십 년이 지나면서 험악하여 이번 보수공사 할 때 화려하게 단청했다. 역시 고유의 단청은 한국적 색깔과 멋스러움을 살려냈다.

〈우정의 종각〉 안의 종은 한국에서 청동 종으로 만들어 미국에 선물하였다. 1976년 미국독립 이백 주년을 기념하여 선물한 셈이다. 자유 여신상이 프랑스에서 미국독립 백 주년 기념으로 선물한 것에 비하면 국력을 더 키워야 한다는 생각에 대조적이다.

선물한 종은 주조비용 사십만 달러와 한국의 명장들이 종각을 건립하며 백만 달러를 들여서 만들어졌다. 경주국립박물관에 소장된 국보급《성덕대왕신종》을 본떠 내세의 안위를 바라며 울림을 간직하게 하였다. 종 면 네 곳에 한·미 두 나라의 자유와 독립 평화와 번영을 기원하는 여신의 모습이 이채롭다. 비천상이 새겨진 자리에 자유 여신상과 한복을 곱게 입은 여인상이 손을 잡은 모습은 꿈일까. 나란히 구름을 타고 있는 문양이 나름으로는 한·미의 우정을 표현하였다. 우정의 종 면 가장자리에는 무궁화가 새겨져 있다.

어렸을 적, 영화관에서 대한 뉴스 시간에 자주 보았던 무궁화가 떠오른다. 애국가가 나오면 무궁화는 화면 가득했다. 종각에 이르는 동안 가로수로만 여겨졌던 여러 나무 중에 무궁화를 울타리 삼았다. 경계로 이루어진 무궁화가 애국가처럼 더 가슴을 뭉클하게 한다. 이 공원의 무궁화는 코리아타운에서 즐겨보던 한글과 태극기보다 느낌이 다르다. 나무가 긴 줄로 종각까지 심겨져 앙증맞게 꽃이 가득 피었다. 분홍, 자주, 파랑, 보라, 노랑, 회색, 하얀 무궁화도 피었다. 어린 가지에는 잔털이 많지만 자라면서 차차 없어진다. 잎은 서로 어긋나고 모가 나게 둥근 모양으로 세 개로 갈라져 삼손이라고 지어주고 싶다.

무궁화는 여름에서 가을까지 차례차례 종 모양으로 꽃을 피운다. 아침 일찍 핀 꽃이 저녁 무렵이면 시들어 다음날이면 떨어지고 만다. 백일동안 매일 새 꽃봉오리가 돋는 나무다. 연달아 꽃을 피우다 보면 오랫동안 볼 수 있어서 무궁화라 지었을까. 꽃잎 밑 부분인 단심에 빨간색이 주종을 이루고 가운데 꽃술이 노랗거나 하얀색이다. 한 그루에 이삼천 송이가 피고 진다니 기분이 묘해진다. 희고 순결하고 하늘처럼 맑고 바다처럼 청아하다. 세월이 가도 항상 우리와 함께하는 꽃이다.

사람들은 수천 년에 걸쳐 울타리에 심기 시작하면서 국화로 삼았을 것이다. 애국가가 생기고 해방 이후 대통령 휘장과 태극기 깃봉에도 무궁화 꽃봉오리를 사용했다. 새순은 여러 갈래로 돋아나 여름이 되면 굳어진 가지가 된다. 이곳의 무궁화는 싸리 울타리처럼 빽빽이 심어져 경계를 이루었으니 나무가 꽃으로 장식되었다. 애국가의 후렴 부분 가사를 실감 나게 하며 화려하다.

우리가 도착하기 얼마 전 미국독립기념일엔, 한미동맹을 돈독히 하기 위해 타종행사도 열렸다. 한국의 소리는 타종과 함께 퍼졌다. 전달문 선생은 이민 가기 전에 종각역 근처 언론사에 근무했다. 보신각 재야의 종소리를 잊을 수 없는지 한국 문학인이 미국에 가면 꼭 한국적인 곳을 보여주려 노력했다. 한때 너무 방치된 종각에는 교민이 돈을 모으고 우리 정부에서 장인을 보내 보수하였다. 엔젤스 게이트 공원은 이백사십만 명이 거주한다는 미국에 LA 교민들의 쉼터이다. 캘리포니아에만 백만 명이 거주한다.

종각 지붕 위에 갈매기가 앉아 있다. 관리는 국가의 품격을 높인다. 새똥과 녹이 많이 나 있었으나 관리인을 두고 주변 정리하였다. 종각 주변은 걸림이 없어서 바람도 시원하다. 매년 새해가 되면 이곳에서 타종식을 해오고 있다. 서양 갈매기는 크고 살도 쪘다. 종각 위에서 무슨 생각을 하고 있을까.

〈우정의 종각〉이란 한글이 편액으로 걸려 있다. 보신각 타종을 연상케 했다. 시화전에 참석했던 예술가 고임순은 당대 최고로 대접받았던 글씨를 확인하고 싶다며 어렵게 안내를 부탁했다. 우정의 종각 한글 편액 현판은 지금은 유명을 달리한 '서희환 서예가'가 썼다. 그는 한글서예 부문에 대통령상을 처음으로 수상하여 상금 또한 거액이었다는 후문이다. 종에 새겨진 무궁화와 경계 삼아 피어있는 무궁화 꽃이 애국심으로 가슴에 남아 낯설지 않다.

〈2022.7. 동백문학 2집 게재〉

어디로 갈 것인가

바다는 몸살을 앓고 있다.
숨이 막혀 질식하고 있다.
숨은 별들이 고개를 내밀고 운슬이 내린 바다를 내려다본다.
나는 어디로 갈 것인가.

    푸른 바다거북은 제주 앞바다에 산다. 예부터 제주의 어부와 해녀들은 일 년에 한두 번씩 그물에 걸린 거북을 보며 길흉화복을 말하였다. 거북을 발견하면 정성으로 온전히 돌려보내던 오래된 풍습과 믿음 때문이다.

    얼마 전, TV에서 특별영상을 보았다.

    "년 초에 그물에 걸린 거북이 머리가 바다로 향해 있으면 흉년이 들고, 뭍을 향하고 있으면 소망 일어. (제주어: 재수 좋다)"라며 해녀가 취재진에게 말하였다. 제주 사람들은 거북을 죽이거나 팔지 않고 기원을 담아 바다로 방생했다. 그것도 많은 양의 막걸리로 융숭히 대접하고 제를 지내며 보냈다.

제주 상군 해녀는 새내기 해녀에게 거북을 만나면 놀라지 말라고 가르쳤다. 거북이가 헤엄치는 모습과 해녀가 깊은 바다에서 작업하는 영상이 닮았다. 열두 발 깊이의 바다 밑으로 잠수를 하다가 놀라움으로 숨을 참지 못하면 죽음이다. 해녀의 숨비소리는 죽음을 각오하며 저승에서 벌어 이승에서 쓰기에 삶과 죽음의 경계에서 나오는 피 맺힌 한이다.

제주 바다거북 존재는 해녀의 할머니 시절 이전부터 자연의 타임캡슐이라 여겨왔다. 바다 물건은 용왕이 주는 것이라 믿었다. 거북이가 나타나면 용왕이 보낸 셋째 딸이거나 용왕이라 여겼다. 잡은 해산물을 거북에게 모두 주어야 한 해 동안 재수가 좋다고 했다. 거북이 등은 세계지도 같다. 한쪽을 떼어내니 스리랑카가 되고 아시아 대한민국이 되었다.

스리랑카에서 보았던 거북이가 생각났다. 비취 아홍갈라는 벤토타 강과 바다가 만나는 강어귀의 해변 휴양지이다. 인도양의 백사장은 따뜻하고 반짝이는 바닷물이 매력적인 휴양지였다. 바닷냄새 없이 밀려오는 파도 소리에 귀를 기울여야 했다. 코코넛 나무가 죽음을 맞이하여도 떠밀려 와 모래판에 그대로 있었다. 어디선가 거북이가 알을 낳으려고 올라올 것만 같다.

안내원은 바다거북을 구경하자고 했을 때 '아홍갈라 해변'을 아침에 산책하고 나온 터라 호기심이 일었다. 일행은 사백 루피씩 입장료를 별도로 내며 장수와 행운을 상징한다는 '거북이 교육장'에 들어섰다. 여남은 개의 수조 속에 사는 거북은 무슨 사연이 있는지 궁금하다.

자라처럼 보이는 새끼 거북 수십 마리가 귀엽게 헤엄친다. 옆 수조에서 유영하는 갈색 거북은 팔을 오므린 모양새다. 팔 한쪽이 찢겨 나갔으나 갑골문자를 선명하게 등에 그리고 있다. 그 옆 수조의 황금 거북은 등이 두껍고 금빛을 띠는 형상이 온전하다. 목과 머리는 멀쩡한데 자세히 보니 팔 한쪽과 다리가 없다.

다음 수조의 검은 거북 한 마리는 구석에만 있다. 눈이 보이지 않는다. 오십여 년 동안 눈이 서서히 멀어졌다. 언제나 그 자리에 있어서 조련사는 먹이를 직접 먹여주었다. 반대편 수조의 거북이는 등에 갈색과 검정으로 윤기가 흐르는데 등 아래로 반쪽이 잘려져 앉은뱅이다. 꼬리와 긴 팔이 더 길어 보인다. 이십여 년 동안 장애 상태인 거북은 조련사의 정성을 알고 있는지 남은 몸이나마 등에서 빛을 내고 있다. 가슴이 시리다.

조련사가 갑작스레 하얀 거북을 들어 올리며 나에게 안아보라 하였다. 조련사의 표정은 뜻밖에 밝다. 나는 움찔하는 자세로 딱딱하고 묵직한 느낌의 하얀 거북의 몸에 두 손을 얹었다. 그 순간

"나에게 행운이 온다면 이십 년이라도 더 살 수 있게 해 주셔요."

나와 조련사는 하얀 거북을 안고 사진 촬영을 하였다.

　옆으로 자리를 옮기자 모래 동산 오십여 개가 궁금증을 더했다. 양동이만큼 봉긋하게 올라온 모래 무덤과 팻말이 오래 살다 수명을 다한 장애 '거북 무덤'인 줄 알았다. 잔디만 없을 뿐이다. 알 수 없는 '싱할라어'로 숫자까지 적혀 있다.

　구릿빛 피부의 조련사는 쭈그러진 탁구공 같은 물체를 손바닥에 올려놓았다. 그곳은 80% 생존율이 있는 거북이 부화장이었다. 통역에 의하면 거북의 수명은 백오십 년이고 한 마리가 백오십 개의 알을 낳으며 두 달 후 새 생명으로 탄생한다. 인공부화장까지 만들어 새끼거북을 양산하는 이유는 무엇일까.

　스리랑카 해변에 널려있는 여러 종류의 가늘고 굵은 그물은 생계수단이라 하기엔 서글프다. 굵은 그물에 손발은 잘리고 몸통이 찢어져 장애 거북으로 변하여 수조에 갇히었다. 우리나라에서 볼 수 없던 장애 거북을 처음으로 보았기에 충격이다. 하물며 장애 상태인 거북의 생명을 목숨이 다할 때까지 보살피는 조련사 앞에서 머리 숙였다.

　조련사는 나약하고 가난해 보였지만 의사처럼 위대해 보이는 순간이다. 평생 보살피기를 약속한 듯이 장애를 안고 있는 거북이와 조련사는 한 몸이다. 새끼 거북과 장애 거북도 바다로 돌아가기를 바래어본다. 조련사는 부화장에서 탄생할 새끼 거북조차 방생하려나.

생명의 존엄성에 대한 무감각이 잔혹한 범죄를 부르기도 하는 현실이다. 경제가 발전할수록 인명 경시 풍조도 심해지고 있다. 어쩌면 악한 일을 저질렀을 때 인간으로 태어나지 못하고 불행한 동물로 태어난다는 인과법이 맞아 보인다. 윤회 사상이 눈앞에서 일어나고 있다. 그들은 어디로 갈 것인가.

바다는 몸살을 앓고 있다. 제주 해변은 바람만 불면 중국에서 건너오는 쓰레기장으로 돌변한다. 그중에서도 플라스틱 빨대는 거북이 코와 배에 차 있기도 하다. 숨이 막혀 질식하고 있다. 숨은 별들이 고개를 내밀고 윤슬이 내린 바다를 내려다본다. 나는 어디로 갈 것인가.

〈2019.10. 수필광장 20호 게재〉

달을 보며

푸른 바다를 바라보는 것만으로도 행복하다.
바다가 보이고 싱그러운 초록의 정원에 맑은 하늘이 내려왔다.
해와 달의 기운이 가득한 유리 교회에서
모든 일이 이루어질 것 같은 생각이 감돈다

　개기일식이 있었다. 태양계의 슈퍼볼로 불리는 개기일식은 미국에서 99년 만에 대륙에서 관측된다하여 관광객이 오리건주에 몰렸다. 우주 쇼를 생중계할 정도로 신비로웠다. 낮인데도 일순간 검어지며 둥근 띠 현상이 나타났다. 이번 관측은 한 시간여 동안 역사상 미국 전 지역에서 볼 수 있었고 촬영된 기록으로도 어마어마하다 한다.

　이러한 현상은 우주 공간의 궤도 선상에서 태양-달-지구 순으로 일직선상에 늘어서면서 달이 태양을 완전히 가리는 천체현상이다. 대부분은 바다에서 볼 수 있어서 대륙에서는 볼 기회가 흔하지 않다. 백 년 전 개기일식 때, 아인슈타인의 상대성 이론을 이해하는데 유력한 증거가 발견되는 등 중요한 연구 성과가 있었다. 이번 개기일식 이후에는 인류 평화를 위한 획기적인 일들이 발표된다면 얼마나 좋으랴.

우주 쇼가 벌어지는 그 시각에 첫잠이 깨었다. 새벽 두 시이다. 베란다에 나섰다. 둥글고 큰 보름달은 노랗게 이글거린다. 한참 동안 달을 쳐다보며 잠념에 빠졌다. 거뭇하게 보이는 곳은 옥토끼 그림자라고 억지로 맞추어본다. 태곳적부터 인류는 달을 보며 무슨 생각에 잠겼을지 궁금하다.

지난해, 나는 연꽃 화가와 LA 초대전에 두 번째로 동행했었다. 오픈식이 끝난 다음 날에 LA 근교의 유리 교회를 찾았다. 오래전 이민자인 김영중 회장은 '조성한 지 십 년 사이에 꽉 들어찬 정원이 되었다'라고 했다. 유리 교회는 태평양을 품에 안고 팔로스버디스의 언덕 위에 서 있는 명소이다. 설계 시공한 계기는 백여 년 전에 스웨덴의 어느 철학자를 기념하기 위해 미국 건축가가 유리를 주요자재로 시도했다. 당시로선 획기적인 일로 허허벌판에 교회 하나 덩그러니 세워져 이정표가 되었다. 벽과 천장이 유리로 되어 있어 유리 교회로 불렸다. 하필이면 왜 건축 재료를 유리로 하였을까.

교회로 들어가는 입구에 잘 가꿔진 정원은 삼나무·노간주나무·소나무 등 아름드리나무들이 무성하게 자라있다. 오천여 평의 면적에 삼각형 연못은 맑은 물로 채워져 분수를 뿜어내니 시원함이 더하다. 교회 뒤쪽에는 유럽식 정원으로 장미 백합 등이 피어 있다. 바다 너머 수평선에 카타리나 섬이 일출봉처럼 떠 있다. 경계 담이 얕게 드리워진 울타리 아래를 내려다보니 태평양이다. 깎아지른 절벽인 듯 끝이 보이지 않는다.

종탑이 높이 솟아 있어 안내자 역할을 하고 있다. 자연석으로 쌓아 올린 십자가 탑이 바다와 어우러지며 조화를 이루었다. 하늘색을 닮은 유리 지붕은 숲속의 교회여서 낮고 쉽게 찾을 수 없다. 신부는 미소를 머금으며 부케를 쥐어 검은색 퍼지는 드레스를 입었다. 오늘따라 결혼식이 있어서 가족이 아니면 교회 출입을 금지한다. 금줄이 쳐져 있다. 들어가서 유리 교회 의자에 앉아 유리벽과 유리천장을 바라보며 기도 한번 하고 싶었는데 아쉽다.

나는 금줄 처진 밖에 서서 불과 몇 미터 사이의 교회 속을 이리저리 기웃거리며 살펴보았다. 긴 나무 의자가 놓였고 지붕과 벽면이 온통 유리로 되어 있다. 유리 벽면이 화려하진 않으나 천장이 얕아보였다. 조그마한 면적에 예배드릴 수 있는 조건은 전부 갖추어있다. 빛의 각도에 따라 천장의 분위기는 하늘이 시시때때로 변한다. 자연의 경이로움을 교회 안으로 끌어와 다른 세상 삶을 살라는 가르침으로 여겨진다. 이곳에서 낮이고 밤이고 신을 정성으로 모시면 천상에 가까이 도달할 수 있다고 믿어서일까.

주례를 서는 목사님은 여기에서 결혼식을 치른 신랑 신부의 이름을 벽돌 하나에 새겨주었다. 영원한 사랑이 하나의 벽돌에 새기며 결혼생활이 시작됨을 맹세한다는 의미 있는 징표였다. 동서양을 막론하고 부부가 살면서 의견 차이가 없을까마는 헤어지지 말라는 표시여서인지 이혼율도 적었다. 소문은 삽시에 퍼졌고 일 년을 기다리며 이곳에서 결혼식을 올릴만한 이유도 되었다. 정원의 바닥에 검은 글자가 새겨진 황토 벽돌이 많았다. 미안하여 발을 들으면 다음 발을 디딜 곳이 없었다. 설명 듣기 전에 바닥을 밟으며 실컷 구경 한 후여서 겸연쩍어졌다. 글씨 써진 벽돌을 밟아주는 의식이 두 사람 사이를 돈독하게 해준다나. 나는 황토색 벽돌이 가득 차서 디자인된 무늬로 단순하게 생각하여 걸었던 일이 미안해졌다.

커피 한 잔 들고 긴 나무 의자에 앉았다. 푸른 바다를 바라보는 것만으로도 행복하다. 바다가 보이고 싱그러운 초록의 정원에 맑은 하늘이 내려왔다. 해와 달의 기운이 가득한 유리 교회에서 모든 일이 이루어질 것 같은 생각이 감돈다. ◉

〈2017.10. 제주문학 가을호 게재〉

산세 베리아

우정 어린 친구의 선물로 집으로 옮겨온 지 십이 년,
잘록한 초록 화분은 나의 기분을 좋게 한다
연두색 잎사귀의 강인함과 가장자리의 노란색은 늘 그대로이다
아프리카 열대지역이 원산지라는데 무슨 인연으로 나에게 안겼나

나의 병환 중에 새순이 화분 밖으로 탈출하려 한다
내용물을 해체하여 단단하게 엉킨 뿌리를 힘들게 떼어 내었다

아사직전에 살아난 산세베리아
내 삶을 닮은 생각에 속죄의 마음 가득하다

올 여름, 향기 나는 흰 꽃이 이삭처럼 달렸다
별이 반짝이듯 눈에 뜨일 새라 저녁마다 터트렸다
그 아래 매달린 옥구슬이 영롱하다
몸속을 얼마나 불태워야 진액이 되었나

향을 맡으니 아카시아 향보다 짙고 달콤하다
모은다면 찻순가락 한 개는 될듯하나 담아 낼 수가 없다
벌도 없는데 어찌하여 밀 샘까지 동반 하였나

열흘 동안 바라만 보아도 행복하다
혼자 볼 수 없어 공유했더니 행운이 온다고 댓글을 달아준다
나의 글쓰기도 산세베리아의 향처럼
향기를 낼 수 있다면 얼마나 좋을까

〈 시수필 - 시화전 참여작 〉

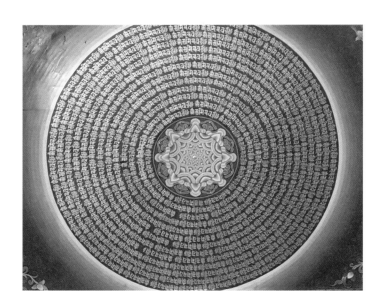

Chapter_ 5

달빛해녀

울림

멀리 한라산을 가슴에 안았다.
종달리 지미봉과 성산 일출봉이 가까이 있어서
손으로 건져 올릴 듯싶다.
하늘이 손바닥에 내려앉았다.

파도 소리가 고래 동굴에 가득 찼다. 작은 굴을 통과하고 바닥에 깔린 바위를 기어오르자 안에는 별천지처럼 넓다. 용암이 흘러 굳어진 동굴 천장에 새겨진 달빛은 파도 소리를 감싸지 못하고 있다. 깎아지른 절벽이 온통 비단 무늬로 탈바꿈하였다.

동안경굴은 큰고래가 살았다 하여 붙여진 우도 팔경 중 하나이다. 그곳은 보통 때에는 물에 잠겨 있다. 썰물이 되어야만 동굴 안에 들어갈 수 있어서 웅장하고 바다로 탁 트인 경관은 무릉도원을 닮았다고나 할까.

그곳은 오랫동안 사람이 살지 않아서 자연 그대로 보존되었다. 그곳에서 일 년에 한 번 동굴 음악제가 열린다. 올해에는 '충암 김정의 우도가를 노래하다'의 특별이벤트까지 마련되었다. 마림바 연주, 성악, 서예 퍼포먼스, 제주인의 소리와 몸짓이 이루어진다기에 발길을 옮겼다.

'우도가歌' 시비가 지난해 검멀레 해안가에 세워졌다. 15세기 저명한 문호인 충암 선생의 제주 유배 중에 지은 시이다. 이곳을 거쳐야 동안경굴에 들어가는데 그 속내가 궁금하다.

제주에서는 우도동굴 음악회 실시한 지 10주년 되던 해에 영국 서북부 동굴 탐사를 했다. 하루 동안 걸리는 먼 거리를 에둘러 탐사했던 이유는 무엇일까. 영국 동굴은 입구부터 거대한 치아를 드러내고 있어서, 참가자들은 웅장한 자태와 위용에 넋을 잃었다. 테너 H 교수는 작품 속에 시도된 관현악의 현란함을 듣고 우도동굴에서 다른 악기를 등장시키며 소리 공명을 연구하였다. 음악 동굴로 불리는 핑갈의 동굴과 고래 콧구멍이기도 한 동안경굴은 닮은 점도 많아서이다.

교수는 '핑갈의 동굴'에서 바닥에 항시 고여 있는 물과 자연음향을 통하여 소리실험을 자연스럽게 하였다. 교수가 청량한 테너 음색으로 동굴 안에서 〈오, 솔레미오〉를 불렀다. 지구상의 반대 지역으로 섬 소풍 간 것 치고는 먼 여행지가 된 셈이다. 언젠가는 영국의 섬사람들도 '우도 동굴 음악제'에 참석하러 오는 날이 되기를 소망해 본다.

칠순을 넘긴 서예가 P 씨가 미색 명주 한복차림을 한 채 울퉁불퉁한 동굴바닥에서 휘호하고 있다. 그 자국은 충암 선생의 〈우도가〉 내용 중 '태음의 기운이 서린 굴에 현묘한 이치가 머문다.'라는 뜻을 새긴 '태음지굴현기정太陰之窟玄機停'이다. 광목천을 깔고 한지 위에 휘호 하는 모습이 특수 영상장치를 사용하여 동굴 천장에 비추어졌다. 기계의 발달이 천장에 본래 새겨진 글씨로 착각하게 하여 관객의 눈을 사로잡는다.

올해의 동굴 음악제가 교수의 발상을 시도한 후 成年을 맞았다. 축하 공연은 올해 처음으로 연주하는 마림바 공연이 인상 깊다. 연주자는 K문학인 아들로 외국에 유학한 후 첫 선을 보였다. 네댓 개의 봉을 두 손으로 이용한 울림이 필시 천장에 닿았다가 떨어지는지 상쾌하게 퍼진다. 옥구슬이 굴러가듯 파도와 어우러진 맑은 영혼의 소리가 이런 것일까.

동굴 안의 평편한 바닥은 공연 무대가 되고 약간 경사진 곳은 자연스럽게 객석으로 변했다. 굴 안에는 소문을 듣고 찾아온 관광객들로 매워졌다. 음향은 파도 위에서 춤을 추고 불규칙한 용암굴 속에서 튕겨 나와 천상의 소리로 들린다. 지상에서 이보다 더한 앙상블이 또 있을까.

교수가 물허벅 장단을 치면서 '이어도사나'를 부르고 무용단은 태와 춤을 동시에 추고 있다. 예전에 초가지붕 위에서 보았던

박으로 만든 태왁과 장인이 제작한 둥근 나무 망사리를 도구로 삼으니 춤의 가치는 더해졌다. 앳된 무용수가 쌀쌀해진 날씨의 바닷물에 맨살을 담그자 순식간에 붉은색 피부로 변하며 움찔거린다. 관객은 무용수가 아랑곳하지 않고 춤추며 미소 짓는 모습에 소름이 돋았다.

소프라노 H는 기악과 합창단에 맞추어 미션의 주제곡 '넬라판타지아'와 이은상 詩를 작곡한 '갈매기'를 노래했다. 파도 소리와 기악합주단은 안성맞춤이었다. 동굴 안의 관객이 다 함께 '바위섬'을 부르며 막은 내렸다. 어린 시절로 돌아간 내 마음도 잠시나마 맑은 영혼이었다.

문화공간이 자연동굴에서 재탄생한 셈이다. 동굴음악회가 신비한 자연 공명에 감동하였다. 새로운 공간 미학의 발굴로 다음 해에도 찾고 싶게 충동질했다. 이 모두는 현묘한 이치가 머무는 동굴에 음악회를 선보이게 하려는 예술인의 노력한 결과였다.

한 마리 나비가 충암 선생인 듯 생각의 날개로 합환 하였다. 맑은 바람 타고 맘껏 날아보기를 소망하였다는 선생의 오백 년 전으로 되돌아간 듯하다. 그는 제주에 유배를 온 지식인이었다. 선생의 〈제주 풍토록〉, 〈우도가〉는 16세기의 제주의 실상을 기록하였기에 전승되어야 할 문화유산인 셈이다. 죽음을 앞에 두고 두려워하기는커녕 후진 양성하였고 어부로부터 전해들은 애기를 노래 가사로 만들었다. 〈우도가〉는 동굴의 신비로움을 환상적으로 노래한 한 편의 장대한 판타지였다.

바닷물이 조금씩 동안경굴 안으로 밀려온다. 관객의 함성이 고래 굴 안에 퍼졌다. 동굴음악회를 마음속에 간직한 채 빠져나왔다. 두어 시간의 공연이었다.

배를 타려고 우도 부둣가에 섰다. 윤슬이 수정 같다. 멀리 한라산을 가슴에 안았다. 종달리 지미봉과 성산 일출봉이 가까이 있어서 손으로 건져 올릴 듯싶다. 하늘이 손바닥에 내려 앉았다.

〈2018 .3. 격월간 여행작가 게재〉

다랑쉬굴 앞에서

비단 치마에 몸을 감싼 듯 매끈한 몸맵시에
하늘을 향해 입을 벌린 굼부리가 있다.
다랑쉬오름이다.

    제주 향토문화연구회에서 다랑쉬 굴을 찾아 나섰다. 제주시 구좌읍 세화리에 있는 길이 30m의 용암동굴이다. 버스 한 대에 가득 채운 회원들과의 동행 길이다. 힘들었던 역사를 설명하는 안내자는 권위자였는데도 무겁게 입을 열었다. 오랜 세월 묵묵히 쌓이고 어둠 속에 묻힌 사연만큼이나 길 트임도 쉽게 내주지 않았다. 다랑쉬 오름 동편을 기점으로 두 번 돌아 돌덩이로 막힌 다랑쉬 굴 입구가 나타났다. 마을을 지켰던 고목만이 입구에 선 채 진실을 알고 있다.

    "줴가 싯댄 ᄒ민 물로나 뱅뱅 돌아진 섬 제주 땅의 태어나서 피ᄒ젠 ᄒ여도 피ᄒ지 못 ᄒ고 앚인 자리서 죽던 줴배낀."[1) 열한

구의 시신을 화장하고 바다에 뿌려진 후 심방의 귀양풀이에서 전해진 내용이다. 발견 당시에 언론을 뜨겁게 달구었기에 혼자서는 갈 수 없는 답사여서 손꼽아 기다렸다.

이제야 찾아온 일이 죄스럽고 미안한 생각뿐이다. 희생자들은 순수 피난민들이다. 가족 단위의 피난민이면서 비무장 민간인이다. 경찰을 도와 직간접적으로 활동하던 청년이다. 유가족들은 지척에 있는 다랑쉬 굴을 안타깝게 바라보며 울고 또 울었다. 남몰래 폭도로 몰리는 현실에 죄스러운 마음만 삭여냈다. 냉대와 질시 속에서 44년 세월 동안 속울음을 누가 들을까 봐 혼자 삼키며 보냈다. 다랑쉬 동굴 학살은 초토화 때 발생하였다.

비단 치마에 몸을 감싼 듯 매끈한 몸맵시에 하늘을 향해 입을 벌린 굼부리가 있다. 다랑쉬오름이다. 이곳은 굼부리에서 쟁반같은 보름달이 떠오르기를 빗대어 월랑봉이라 부른다. 다랑쉬 마을은 다랑쉬 오름과 아끈다랑쉬 오름 사이에 있다.

십여 가구가 살았던 평화로운 이곳에 마을 일과 나랏일을 걱정하던 사람들은 다 어디로 가고 빈터만 남았을까. 집터였음을 증명하듯 대숲에 이는 바람만이 교향악처럼 오갈 뿐이다. 문패

---

1) 제주어: 죄가 있다 하면 바다의 섬 제주에 태어나 피하려 해도 피하지 못하고 앉은 자리에서 건딘 죄 밖에.

삼아 제주 문인의 시 한 수가 마을 어귀에 걸려있다. 생활 도구 형상의 다랑쉬 오름을 바라보며 참배객의 마음을 담았다.

> 비자림과 용눈이 오름 높은 오름 거느리고
> 사철 들꽃들을 가슴에서 키워
> 큰 항아리에 담고 앉아
> 불쌍한 열한 분 영혼 앞에
> 늘 헌화 하고 있구나
>
> — 오영호 시인의 다랑쉬 오름 전문 —

참석한 회원들은 안내자를 따라 굴 앞에서 묵념한 후 설명을 들었다. 한 사람이 겨우 뒷걸음으로 들어갈 정도로 굴 입구는 작다. 천연 용암동굴로 형성되어 디귿자형으로 흐르다가 안에는 넓게 굳어졌다. 희생자들은 어지러운 시국만 지나면 다시 농사 짓고 오순도순 살아 보겠다며 호미와 쇠스랑 곡괭이를 든 채 깜깜한 굴로 숨어들어 갔다.

1946년 6·6사태로 모임을 가졌던 세화리 젊은 청년 육십여 명은 일 년 후 4·3사태가 나자 거의 죽임을 당했다. 일제 강점기 때 항일운동을 하며 똑똑한 사람들과 세 살, 열 살 난 아이도 산 사람의 자식이라고 총으로 죽였다. 연이어 일어난 사태는 그야말로 삼족을 멸했다. 제주의 땅은 유배지가 되고 일제 강점기 때

공출시키면서 귀한 것을 모두 빼앗아 갔다. 살아남기 위해 도민은 몰려다녔다.

낮에는 총소리에 무서워 떨고 밤에는 추워서 떨었다. 친척들은 이리저리 죽어갔다. 남은 목숨이라도 살기 위해 굴로 들어갔다. 남자 열세 명 여자 여섯 명은 캄캄한 굴속에서 몇 날 며칠이나 숨어 지냈다. 배가 허리에 붙고 가슴은 무릎에 포개어 동굴 벽에 기대어 지냈다. 처음에 가져온 보리쌀은 너무나 작은 양으로 보리죽을 끓여가며 연명하였다. 소개령이 내린 후 군은 산간마을에 불을 질렀다. 다랑쉬 굴에도 구멍 하나만 남기고 돌로 입구를 막았다.

안내자의 설명 중에 말문이 막혔던 일은 굴 안에서 배변이 문제였다.

"여기 굴이 있네! 사름 살아난(살았던) 흔적도 있져. 똥내(냄새)도 나는 것 같아."

젖은 솔가지 꺾어다 불을 붙여 굴속으로 던졌다. 땅에 코를 박아 가만히 있어도 숨이 막혀 갔다. 견디다 못한 아홉 살 아이 몇몇이 굴 밖으로 나가자 총소리가 났다. 구토하며 죽어갔다. 유태인을 가스 질식사시키듯 하였다. 죽어도 저승을 못 가는구나. 세월이 흐른 후 한 줌의 재가 되어 바다로 돌아갔다.

다랑쉬 동굴을 봉쇄했던 철조망이 널브러져 있다. 당시 상황은 가족들이 희생 소식을 전해 들었으나 사체 수습할 분위기가 아니었다. 유해가 발굴된 후 서둘러서 화장을 강행하고 나머지 유물을 굴 안에 그대로 남긴 채 입구를 봉쇄하였다. 지금도 다랑 쉬 굴은 콘크리트로 막혀있다. 굴 입구를 막았던 묵직한 돌이 혼령이 붙어 있는 듯 상징적 의미가 되고 있다.

살아남은 증언자는 식량을 구하러 나왔다가 모르쇠로 일관하였다. 증언자가 살아온 세월은 트라우마로 변했다. 일평생을 병원 치료받는 현실이다. 발굴자의 증언에 의하면 동굴 천장에서 떨어지는 물방울이 바닥을 흥건히 적셨다 한다. '살려줍서(살려주셔요).' 외치는 외마디의 비명처럼 채 마르지 않는 피눈물로 느꼈을까. 썩어가는 고인의 고무신과 비녀가 꽂힌 여인의 시신이 널브러졌다. 춥고 배고파도 서로 의지했던 소용돌이 속에서 가슴죄어온 세월을 되돌려 보았다.

"겁이 난 이리저리 도망 다니다 저승으로 갔주만 제대로 행세도 못 햄 수다. 섬에서 난 죄는 다 지엉 가크메 다시랑 이런 일 읎도록 ᄒ여줍서. 경ᄒ민 우리가 저싱서 힘 모양 도민덜 편안ᄒ게 공 갚으쿠다."[2] 심방은 저승 마음먹고 산다며 마지막 분부하고

---

2) 제주어: 심방이 귀향풀이 한 사설중 하나. -겁이 나서 이리저리 도망 다니다가 저승으로 갔어도 제대로 행세도 못 합니다. 섬에서 난 죄는 다 가져갈 테니 다시는 이런 일 없도록 하여 주세요. 그러면 저승에서 우리가 힘을 모아 도민들 편안하게 해드리겠어요. -

회향한다.

제주에서 나고 자란 사람이라면 4·3을 비껴갈 수는 없다. 반백 년이 넘도록 침묵을 강요당하고 귀 막고 눈 뜬 봉사로 지내온 세월이다. 4·3을 생각하면 행방불명되어 미 발굴 된 유해마저 허공에 떠돌고 있다. 많은 사람이 다시 한번 옷매무새를 여미고 상생의 재단에 성스럽게 바쳐지기를 원한다. 4·3 평화 공원에 누워 있는 백비는 언제쯤이면 일어날까.

〈2018.5. 격월간 여행작가 게재〉

홍도화

성 굽이 붉은 피로 물들었다.
그 꽃은 격투 되던 양민의 얼굴 같다.
결혼 전날 끌려간 이십 세 처녀의 혼이 서려 있어서일까.

역사문화탐방에 나섰다. 흥사단이 주최하여 인솔자가 프로그램을 짜고 오랫동안 답사로 이어져 오고 있다. 이번에는 조천읍 관내를 샅샅이 둘러보기로 하였다. 선흘1리 낙선동 성 담 앞에 서다. 옆모양은 사다리꼴로 잔잔한 돌까지 가운데 주워 담아 무너지지 않게 쌓았다. 골채(삼태기)에 담아 작지(자갈)를 날랐던 여인의 손길이 눈에 어른거린다.

소개령이 내려진 지 나흘째 되던 날에는 선흘리 주민에 대한 대량 학살이 시작되었다. 4·3사건은 칠 년 동안이나 지속하여 양민들이 현장에서 무차별 총구를 맞아야 했다. 무장대의 습격을 받게 되면 방어 차원에서 제주도 대부분 마을에 석성을 쌓았다.

석성은 성벽을 튼튼히 하고 들판의 곡식을 모조리 거두는 차단 전술에 한 몫 하였다.

가운데 성문으로 들어가니 안에는 운동장 같다. 石城 중간 높이에 총안이라는 구멍이 낯설다. 적을 감시하고 총구를 넣었던 곳이다. 남자들은 거의 죽거나 입산하여 열여섯 이상 처녀들이 보초를 섰다. 석성 안에 이백 세대가 살았으니 마을 전체가 수용소나 다름없다. 동쪽 성벽 근처에 외부형 돗 통시 네 곳이 인구 수를 말해주는 듯하다.

주변 대숲에 바람이 인다. 잎 새가 너울거린다. 복원된 함밧 집은 스산하다. 사람들은 자잘한 댓가지를 잘라 짚으로 엮어 세우고 진흙 벽을 만들었다. 방 하나에 네댓 식구가 웅크리고 살을 맞대어 지냈으리라.

사건이 있던 단오 전날에 부녀자들과 어린아이까지 동원되어 성을 완성하였다. 단오에 경찰과 격투가 벌어졌다. 무장대는 다음날 결혼 예정이었던 스무 살 처녀를 납치해 갔다. 여성들은 보초 서며 석성을 쌓고 그것도 모자라 희생양이 되다니….

나는 슬픔을 삭이며 성 뒷문으로 나왔다. 바깥 성굽에는 해자가 설치되어 있었다. 특이한 모습이다. 큰 가시가 돋은 나무는 이유 불문하고 베어다 해자 구덩이에 쌓았다. 침입자가 건널 수 없게 착안했다. 해자는 물을 채워 보초 서는 이가 물소리를 들으

며 공격한다. 제주에 물 해자는 진흙이 아니어서 지하로 빗물이
숨어 버린다. 복원한 해자에는 물이 아닌 가시 낭(나무)으로 뒤엉
켜 혐오감마저 들었다.

무심코 지나쳤던 홍도화가 성굽 정문 근처에 피어있어 눈에 들
어왔다. 예닐곱 그루의 홍도화는 해자와 성벽에 붙어 있다. 홍매
화 비슷하여 능수형으로 꽃망울이 크고 붉다. 그리고 보니 성 굽
이 붉은 피로 물들었다. 설명을 듣고 나자 그 꽃은 격투 되던 양
민의 얼굴 같다. 결혼 전날 끌려간 이십 세 처녀의 혼이 서려 있어
서일까.

꽃망울 응어리는 모진 바람 이겨내느라 웅크렸다가 붉은 복
사꽃으로 만개하고 있다. 가지는 능수처럼 아래로 숙이고 또 숙
여 가며 무엇을 말하고 싶어 할까. 귀 막고 눈 감고 입을 봉한 채
살아온 세월 홍도화가 대신하고 있다.

누가 4·3의 원혼을 달래 주리요. 🔵

〈2021.3.29. 뉴제주일보 해연풍 게재〉

잃어버린 곤을동

희생자 이름 석 자를 두려움 없이 부르는데
오십 년이 넘었다.
길 따라 걷다 보니 처형당한 가족의 이름을 기억하는
시어머니의 아픔을 어루만져주고 싶다.

사라봉 산책길에 나섰다. 이젠 걷기 운동이야말로 필수 항목
이 되었다. 집에서 가까운 거리에 접해있는 까닭에 한두 시간의
운동량으로는 안성맞춤이다. 이곳은 제주시민의 운동 장소로 이
웃한 별도봉과 더불어 각광을 받는다.

오래된 소나무와 잘 정비된 운동기구는 공원을 찾는 이들을
반긴다. 별도봉 장수 산책로를 돌다 보면 지는 햇살이 곱다. '애
기 업은 돌'을 넘어갈 때는 경사진 장소여서인지 오르노라면 한
줄기 땀이 등골에 흐른다.

멀리 화북 마을과 바다가 시원스레 펼쳐졌다. 푸른 잔디가 넓
게 깔린 자리는 요즘도 간혹 행사하는 곳이지만, 내가 어렸을 적

엔 단골 소풍 장소이기도 하였다. 예전에 들어갈 수 없었던 곳이 바닷길 따라 걸을 수 있도록 '몽생이' 표지가 세워져 올레길 임을 알려준다.

별도봉을 내려온 길은 바다와 맞닿은 별도 천을 끼고 있었다. 이 길은 곧게 뻗은 해안도로에 바릇잡이 하는 사람들이 즐겨 찾는 곤을동 들머리였다. 화북 포구 너머 웅장한 한라산이 조망되는 풍광이 평온하다. '주상절리'는 족욕을 하는지 바다에 빠져 오랜 세월 동안 꿈적 않는다. '안드렁물'은 마을 사람들의 식수와 채소 씻고 빨래했던 옛 모습을 간직한 채 바다로 흘러갔다.

지금은 집터만 덩그러니 남았다. 가운데곤을, 안곤을 박곤을로 나뉘어 오십여 가구가 살았던 평화로운 마을인데 돌담뿐이다. 곤을 마을 터는 개인 사유지면서 역사 속으로 사라졌다. 후손이라도 재건축 바람을 타고 집을 지으면 좋으련만 쓸쓸하게 남은 속내가 궁금하다.

빈터인 자리가 한 마을의 모습이다. 집과 사람은 온데간데없고 불태워져 마을의 명맥마저 끊어져 버렸다. 이곳은 정확히는 '곤을동 마을 터'로 4·3 때 초토화되어 흔적만 남은 잃어버린 마을이다. 군인들의 토벌 작전으로 전체 가구가 전소되고 스물네 명이 희생됐다. 풀이 무성하게 자란 마을 터 가운데에 이웃과 이웃을 이어주던 올레담의 흔적이 확인될 뿐이다.

제주인은 돌에서 태어나 돌 속에 묻힌다는 속설이 있다. 돌로 만든 집에서 태어나 돌로 쌓은 골목길(올레)로 이어진 마을에 살았다. 밭담을 두른 밭에서 일하면서 살림을 일구다가 산담 안 무덤에 눕는 것으로 삶을 마친다. 곤을동에서는 '환해장성環海長城'의 모습도 볼 수 있다. 곤을동 환해장성은 원형으로 남아있고 제주 바닷가에서 흔히 볼 수 있는 검은 돌을 쌓아 성을 만들었다. 환해장성은 해안도로 건설 때문에 계속 파괴되다가 1998년에야 제주도기념물(제49호)로 지정되어 보호받고 있다. 그들은 왜 성을 쌓아야만 했을까.

　제주 도민은 성을 쌓기 위해 동원되었다. 수백 년의 이야기를 전하는 듯하다. 환해장성은 제주가 겪었던 기구한 역사와 맞물려 도민들의 애환이 서린 유적인 셈이다. 둥근 돌을 올려놓아 무너지면 쌓고, 또다시 무너지면 쌓아 올리는 일을 해오며 제주 섬을 지켜왔다. 바닷물의 범람방지용으로 축조되었는지는 구분이 어렵다.

　둥그런 연자방아 터는 검은색 화산석으로 마을 경계를 삼아 변함이 없다. 통시는 제주도식 화장실을 겸하여 디딜 팡의 흔적만 남아있다. 손으로 건드리기만 해도 무너질 것처럼 보이지만 악명 높은 제주의 바람에도 끄떡없다. 구불구불 곡선으로 쌓은 담과 돌 사이의 성긴 구멍이 바람을 흘려보낸다.

　멀구슬 나무는 노란 열매를 품고 있다. 오랜 세월만큼이나 쓸

쓸하게 우두커니 서 있다. 잡초가 무성하고 마을 입구에 세워진 골 깊은 상처를 대신하고 있다. 당시 엄청난 수의 제주 사람들이 희생된 역사의 아픔을 이곳에서도 접하게 된다. 웬만한 제주도 사람들은 친족 중 적어도 3촌 안에 희생자가 존재한다. 눈앞에서 펼쳐진 학살의 현장에 섰던 제주 사람들도 자신에게 닥칠지도 모를 또 다른 공포에 떨며 말을 하지 못했다. 살아남은 이들도 일본으로 밀항을 떠났다. 있지만 없던 일로 죽어지내야 했다.

　제주 4·3 사건은 당시 삼십만여 명의 인구 중에 삼만여 명의 학살 피해자를 냈다. 희생자 대부분은 제대로 말 한마디 못 하고 즉결 처형되었다. 한국전쟁 발발 당시 제주도민은 "우리는 빨갱이가 아니다."라는 것을 증명하고 싶어 대한민국 해병대에 자원 입대하는 경우가 많았다. 이 사건은 1954년 9월 21일 한라산의 금족禁足 지역이 전면 개방됨으로써 발발 이후 7년 7개월 만에 막을 내렸다

　올레꾼들은 제주 올레길을 걷는 동안 지겹게도 4·3 위령 비를 마을마다 접하게 된다. 그만큼 4·3의 아픔은 제주 도민의 뼛속 깊이 각인돼 있다. 희생자뿐 아니라 4·3은 살아남은 가족의 해체로 레드콤플렉스였다. 이는 이념의 기형으로 오랫동안 아픔으로 자리 잡았다.

　4·3 특별법이 만들어졌다. 역사는 아직도 침묵과 논란을 계속

한다. '레드헌트' 미군정이 기록한 '붉은 섬'이다. 유족은 지금껏 부모와 형제들을 목 놓아 불러보지도 못했다. 빨갱이로 몰려 처참한 죽음을 당하고 연좌제의 굴레에서 떼어 낼 수 없는 꼬리표도 있었다. 희생자 이름 석 자를 두려움 없이 부르는데 칠십 년이 넘었다. 길 따라 걷다 보니 처형당한 가족의 이름을 기억하는 시어머니의 아픔을 어루만져주고 싶다.

시어머니도 4·3 유족이다. 일제 강점기 때 돈 벌러 나간 외삼촌의 행방을 대라며 외할머니와 외할아버지 큰외삼촌까지 학교 마당에서 처형당했다. 백일도 지나지 않은 아기를 등에 업고 담구멍으로 그 모습을 보는 순간, 어머니는 기절하고 말았다. 치매로 고통 받는 중에도 환영幻影이 머릿속에 가득 찼는지 대문 밖에 처형당한 어머니가 와 있다며 문 열어주라고 한다. 가족은 삶의 질도 떨어지고 남은 증언자들도 트라우마 속에서 허덕인다. 이젠 상생해야 할 때이다.

별도천 입구까지 걸어 나오니 잃어버린 마을 입구에 세워진 '곤을동 조감도'는 평화롭다. 제주의 애환을 간직한 마을이 유적지로 복원되어 발돋움할 날도 머지않음을 기대해 본다. 날아가는 이름 모를 새 한 마리가 유유자적 하다. 저 하늘은 알고 있겠지.

나는 내일도 걸을 것이다.

<2018.1. 여행작가 게재>

선경에 노닐다

참꽃의 군락지는 변함이 없고
마애석 각을 마주하니 선비와 풍류를 나누는 듯하다.
이제도 들렁귀에는 선경이 노닐고 있다.

방선문訪仙門 축제에 갔다. 제주시 오라동 마을 주민과 어우러져 일 년에 한 번 큰 행사가 열린다. 시화전 내용이 입구에 줄줄이 걸려 빨랫줄에 매달린 듯 바람에 펄럭인다. 조선 시대 선비를 만나려는 마음이 가득 차서일까.

KBS 한국방송국 건물을 낀 '고지래또'는 축제장의 출발 지점이었다. 선비가 걸었던 계곡을 따라 한 시간여를 걸었다. 방선문 계곡 가는 숲길은 작은 공연 전시장과 제주아트 센터를 만난다. 숲속 향연의 공간은 예술인들의 창작 활동과 지역 문화를 물씬 느끼게 하여 지나는 이들의 발길을 붙잡는다. 행사장의 주차난을 방지하기 위해 셔틀버스를 옮겨 타고 행사장으로 갔다. 행사요원들은 코스마다 비지땀을 흘리며 이벤트와 정성 어린 안내를 하여 이곳을 다시 오고 싶게 만들었다.

행사장에는 축제 무대가 설치되고 가장행렬이 펼쳐졌다. 판관과 사또 분장을 한 이도 있고 신선이 백발 수염에 하얀 옷을 입고 나온 모습들이 축제장을 돋보이게 하였다. 선녀가 뒤를 이으며 아랑과 배비장이 코믹하게 나돈다. 무대에서는 '배비장전'이 극으로 연출되고 시조학회 수상자들도 연이어서 풍류를 즐기듯 두 시간의 공연이 이어졌다.

이곳은 뛰어난 자연경관과 역사적, 문화적 가치가 어우러진 복합 자연 유산이다. 2013년 문화재청에 의해 국가 지정 문화재 명승 제92호로 되었다. 영주 십 경 중 영구 춘화는 봄의 절경을 이르는 말이다. 상춘의 설렘으로 이곳을 찾은 옛사람들은 영구춘화의 아름다움에 반하여 차마 '들렁귀'를 내려가지 못하였으리라. 그냥 주저앉아 꽃이 되고 싶은 심경을 대신하여 바위에 자신의 이름을 새겨 놓은 듯싶다. 영구는 신선이 사는 언덕이요 춘화는 만발한 풍경인데 봄이 되면 참꽃이 절경을 이룬다.

방선문으로 이어지는 한천漢川은 백록담 북벽 아래 용진각에서 발원하여 용연으로 이어지는 긴 계곡이다. 용연에서 바닷가까지 닿을 정도로 커다란 용이 한내창을 만들었다는 전설이 전해진다. 승천을 이루지 못한 비원 서린 용의 뜨거운 눈물이 한천

곳곳에 뿌려져 여러 소沼를 만들었다. 용의 고뇌가 기암괴석으로 솟아올라 바위로 굳었다. 세속의 번잡함을 벗은 듯 빼어난 경관 때문에 선경仙境이라 불린다.

방선문은 입을 쩍 벌린 돌구멍이라 하여 속칭 '들렁귀'로 불렀고 돌문 천정에 새겨진 제명題名이다. 이곳 최초의 마애석 각은 영조 3년 쌍계석문이라 새겼다. 신선이 사는 골짜기인 탐라계곡을 선계仙界라 하고 줄기 따라 내려와 신선의 나들이 터인 용연을 속계俗界라 하였다. 가운데 지점은 선계와 속계가 노니는 방선문이다. 이 석문을 경계로 나뉜다는 의미로 새겨 놓았다. 선비들은 이곳을 찾아 신선을 부르고 만나려 하였다. "세상사 부질없는 일에 내가 나를 고뇌하게 만들었구나. 붙들지 못한 허망한 욕심이 나를 옭아맸으니 내 얼마나 어리석었던가. 비우고 비우니 이 모든 세상이 아름답구나." 하면서 신선을 만나러 왔건만 병풍처럼 드리워진 기암절벽의 천하절경에 취했다 한다.

돌문 입구에 새겨진 등영구登瀛邱 글귀는 1억 이상의 가치가 있다. 기미년 초여름에 5언 절구로 홍중징 목사의 글이다.

石竇呀然處　석두아연처
巖花無數開　암화무수개
花間管鉉發　화간관현발
鸞鶴若飛來　난학약비래

뚫어진 바위 구멍 입을 크게 벌린 듯/ 암벽 사이 봄꽃들 여기
저기 피어나네. / 꽃 사이로 퍼지는 풍악 소리 선율에/ 신선 태
운 난 새 학 새 너울너울 날아오르는 듯

   신선들이 노니는 숲길에 물이 잠긴 소가 하나 있어 사람들은
이를 '가카원'이라 불렀다. 한자로는 각하천覺夏泉이라 하는데
더위에 지친 몸을 차가운 샘에 담그니 문득 깨달음이 있구나 하
여 경각심을 알렸다. 삿된 마음은 놓아두고 정갈한 심성을 찾아
인간 본연의 모습을 찾아보라는 한라산 신령이 만들어놓은 소沼
인 듯싶다. 오라 향사 이기조가 유배 길에 올랐던 추사 선생에게
글을 배우는데 눈병이 나서 '오라 샘물'로 씻었더니 나았다. 신비
롭고 신령스러운 샘이라는 뜻에서 추사는 〈영천靈泉〉으로 일필
휘지를 남겼다.

   이러한 사실은 제주문화원에서 추적하여 발간한 김정 목사의
〈노봉 문집〉에 기록되었다. 풍류객들은 바위 위에도 구석 바닥
에도 가리지 않고 새겼기에 훗날 토사에 묻힌 글씨를 찾아내는
학자들은 비명을 질렀다. 지금은 한자를 해석하기 힘든 때가 되
었지만, 그 당시의 문학으로 본다면 최고의 영광이었으리라. 제
주출신의 유림을 포함하여 조선시대의 수령, 판관들과 유배왔던
적객謫客들이 새긴 마애석각은 책 한 권을 내는 영광보다 더했을

것만 같다.

조선시대의 마애석 각의 조성 배경이 궁금하다. 방선문만이 아닌 영주산 아래 '정소암'에서는 백약이 오름의 약초를 캐어 솥을 걸어 달여서 목욕도 하고 하루를 지냈던 흔적들이 마애명으로 나타난다. 주자의 성리학을 수용하던 시기에 산수 유람을 통하여 심신 수양의 한 방법으로 인식하였을까.

제주도 전체의 마애석 각 84개 중 34개가 방선문 계곡에 있다. 십 년 전에는 진입로가 부실하였어도 신선이 된 듯 사진도 찍고 일행들과 공부도 하였다. 앞을 내다보지 못한 사람들의 잘못된 탁본으로 훼손된 모습이 안타깝다. 더 이상 외면당하지 않고 묻히지 않는 관광지로 거듭났으면 한다.

이젠 문화재로 가치를 인정받아 보호구역으로 노란 줄이 쳐져 있다. 오라 올레길 탄생과 더불어 숲길을 산책하면서 멀리서 바라볼 수밖에 없다. 참꽃의 군락지는 변함이 없고 마애석 각을 마주하니 선비와 풍류를 나누는 듯하다. 이제도 들렁귀에는 선경이 노닐고 있다. 나무들 사이로 햇빛이 내려앉았다.

〈2017.8. 여행작가 게재〉

자연으로 돌아가리라

야생화가 있는 힘을 다해 돌틈에 뿌리를 내린 모습,
들꽃의 생명력은 얼마나 강한가.
이 모든 것이 자연이 준 고마운 선물이다.

    억새가 붉은 꽃을 안고 있다. 바람이 일렁일 때마다 생명이 피어난다. 꺾이지 않으려는 흔들림이 은빛 물결로 춤을 춘다. 억새 사이로 보이는 야생식물들도 이곳저곳에 꽃씨가 되어 날아다닌다. 그야말로 야생화 천국이다.

    취미 생활로 시작한 야생화 가꾸기는 하늘 아래 별천지 정원이 된 곳이 있다. 그 주인공은 십오 년 전 제주에 이주해온 B 씨다. 오랜 세월이 지나야 품새가 나오는 야생화 분경의 매력에 푹 빠지더니 제주시 한경면 저지리 방림원에 국내 유일의 야생초 전시관이 펼쳐졌다. 그는 제주와 어떤 인연이 있었을까.

    서울에서 평범한 주부로 살아오던 B 씨는 일본 철쭉 전시회에서 다섯 가지의 꽃이 한꺼번에 핀 분재를 보고 흠뻑 빠졌다. 한국에 오자마자 분재를 배웠다. 분재보다 야생화가 더 아름답다고 생각하여 모으기 시작한 후, 1985년 경기도에 이백 평짜리 하우스를 지었다. 제주도 화산석은 수분을 많이 머금고 있어 예술성이 깃든 작품을 만들기에 적합했다. B씨는 가족처럼 돌보던 야생화를 제주도로 옮기어 방림원으로 전시할 계획을 품었다.

그 후 세계 각종 야생화와 수생식물·양치식물·고산식물 및 다육식물은 저지리 예술인마을에 정착하였다. 나도 개원 후 십여 차례나 방문하였지만 갈 때마다 새로운 느낌으로 다가왔다. 5,500여 평의 대지에 황무지 같았던 제주도의 곶자왈을 소규모로 가꾸었다. 천천히 감상하며 즐길 수 있도록 멋진 방림원으로 탄생하였다.

입구부터 남다르다. 송이석으로 단장하는 정원조성 사업이야말로 남편의 뒷받침 없이는 결코 이룰 수 없었다. '물 양귀비'와 '경복궁 연'이 방문객에게 인사한다. 의아하다. 경회루에 잔뜩 피어났던 경복궁 연은 일제 강점기 때 뿌리째 전량 일본으로 나갔다. B 원장이 한 뿌리 연을 수입하는 과정은 치열했다. 민족정신 닮은 야생화의 고귀함을 지키고 싶어 자존심 상하는 일까지 마다하지 않았다.

B 원장은 야생화 사랑이 철학적이다. 야생화는 스스로 영토를 확보하여 뿌리를 내렸다. 싹을 틔우며 햇빛과 바람, 빗물이 꽃을

피우고 열매를 맺는 에너지가 되었다. 새싹이 움틀 때는 생명의 신비와 더불어 행복한 웃음과 편안함을 주었다. 때로는 그 열매가 우리의 허기진 배를 채워주고 약이 되었다. 있는 힘을 다해 돌에 뿌리를 내린 모습, 들꽃의 생명력은 얼마나 강한가. 이 모든 것이 자연이 준 고마운 선물이다.

잘 정돈된 온실 한가운데에는 '오색 동백나무'와 이십 년을 분재한 채 커가는 '금관우'가 버티고 있다. 참나무 고목은 어느 휴게소에서 비싸게 사 왔다. 거기에 '장가계 고사리'와 야생화를 심어놓은 것이 세월이 흐른 후 멋진 모습으로 변하여 사람들을 맞이했다. 긴기아난·금낭화·부겐베리아·천사의 나팔 등도 눈을 호강시켜주었다. 세계 각국의 고사리 중 원숭이 고사리·넓적 고사리·금 고사리·관음 고사리·상록고사리 등 희귀한 고사리 약 사백여 종을 수집했다. 식충 식물·백두산 고산식물 등은 '고사리와 난'관에 전시되었다.

특별히 키가 크고 천수千手로 보이는 관음 고사리에 눈길이 머물렀다. 법당이 따로 없다. 부처님을 이곳으로 모셔온 것처럼 보였다. 그이의 회사가 어려울 때마다 천수천안 관세음보살님께 기도를 바치듯 나투었다. 지금도 큰 줄기들은 싱싱하게 천수千手의 모습이다.

관람 로를 따라 걷다 보니 방림굴이라 이름 붙은 동굴이 나왔다. 방림원 조성 당시 연인원 오백여 명을 투입하여 삽과 곡갱이로 흙을 파내고 털어가며 동굴의 모습을 갖추었다. 길이 약 20m의 이 동굴은 일명 '바가지 돌'이라 불리는 제주도 특유의 용암석으로 이루어졌다. 실지 길이는 가늠하기 힘들 정도의 굴이다.

굴속의 암석은 세계에서 유일하게 인체 혈액과 유사한 약알칼리성 자원으로 항균·살균·탈취 작용 등을 한다. 여행에 지친 몸과 마음의 피로를 한 번에 날리는 듯하다. 제주 송이석은 붉은 빛을 띠며 강력한 항균 작용과 해독, 정화한다고 알려졌다. 제주도 특별법에 보존자원으로 지정된 신비한 물질이다.

굴 안에 들어서니 연중 18도가 유지되어서인지 냄새도 없고 산뜻하다. 안내자의 설명은 종이에 불을 붙여 구멍으로 들여 넣어도 연기가 어디로 새는지 보이지 않았다고 한다. 하지만, 붉은 송이의 부서짐 때문에 굴 파내는 일을 중지할 수밖에 없었다. 송이굴 속에는 물이 고여 있다. 물은 일정한 양을 유지하며 상태도 청정하여 신기한 물이다. 나는 손으로 물을 떠서 마셔보았다. 달콤하다. 묵은 병도 나을 듯 상큼하게 기분이 좋아졌다.

굴 밖으로 나왔다. 어디선가 흐르는 물소리를 쫓으니 나의 걸음도 빨라졌다. 두 폭으로 조성한 형제 폭포였다. 폭포 주변으로 삼백여 종의 야생화를 심었다. 반대편에는 한라산 계곡의 모습을 닮은 마른 연못을 조성했다. B원장이 좋아하는 '시로미'와 '산솜방망이'도 심었다. '털진달래'와 '꽝꽝나무'가 어우러진

'금강산 만물상'은 명품으로 정좌했다. 돌을 이용해 전국 팔도의 지도를 만들고 그곳에 하얀 무궁화를 심었다. 연못에는 징검다리가 놓였고 개구리 인형은 다리 옆에서 합창하고 있다. 개굴거리는 소리가 들리는 듯 앙증맞다.

B 원장은 비닐하우스 속 컨테이너 방에서 숙식했다. 작업에만 매진하던 어느 날, 작업 도구를 붙잡고 소리 내어 울다 보니 개구리도 덩달아 울어 댔다. 같은 삶이라 여겼을까. 농약을 주변에 사용하지 않아 좋은 징조로 삼았다. 그로부터 각국의 개구리 모형을 수집한 계기다.

한평생 야생화에 흠뻑 빠져 예쁘다는 꽃과 신기한 풀은 모두 채집했다. 야생화는 기쁠 때나 슬플 때나 우리 곁에서 묵묵히 지켜보며 힘내라고 속삭여 주는 동반자이다. 돌부리 하나에 몸을 의지하여 온갖 향기를 내는 야생화, 키는 작지만 소박하고 편안함에 행복을 느낀다. 야생화는 살아 숨 쉬는 천연예술이다. B원장의 애틋한 야생화 사랑이 없었다면 방림원은 탄생할 수 없었다. 피어있는 그대로가 작품이다.

하늘을 올려다보며 기지개를 켰다. 모두 다 자연으로 돌아가리라. 야생화도 나도 구름 위에 날개를 달고 싶다.

〈2017.10. 여행작가 게재〉

열정

무아몽중無我夢中
한 사람의 열정이 제주도의 미래를 바꾸어 놓았다.
애향심이 없었다면 외국관광객이 방문했을 때
무엇을 보여 주었을까.

협재해수욕장 모래판에 섰다. 손바닥처럼 펼쳐진 비양도는 바다에서 산이 솟아 올라왔다. 해변에는 조개가루가 부서져 밀가루처럼 하얀 모래가 보드랍다. 칼바람과 파도에 유실되어지는 것을 막으려 부직포를 씌웠다. 이곳은 물빛이 고와서 다시 찾고 싶은 명소로 내 가슴에 자리 잡고 있다.

오십여 년 전, 들뜬 마음으로 떠났던 초등학교 수학여행을 잊을 수 없다. 백사장에는 소나무가 있어 그늘이 많았다. 반대편 도로의 재릉 굴을 찾아 갔다. 당시는 수학여행 일정을 미리 연락하면 재릉 초등학교 담당선생님이 기름을 친 횃불을 들고 동굴 내부를 안내 하였다. 입구는 조잡한 돌계단이었고 방공호 같았다. 백여 미터 들어가면 모래로 잔뜩 막혔다. 어머니가 사준 새 운동화에 모래로 가득했던 기억이 어제 오늘 일처럼 떠오르는 이유는 무엇일까.

지금은 한림공원 안에 협재굴과 쌍용굴이 서부권에서 제주를 대표하는 굴이 되었다. 학술적인 가치를 크게 인정받아 1971년 천연기념물 236호로 지정 하였다. 그곳은 훼손가능성으로 미공개 되는 황금굴과 소천굴을 합친다면 세계 최장이라 한다. 공개 되는 곳은 제주도내에 있는 굴의 특성을 축소판으로 모아놓은 듯하다. S회장의 끊임없는 투자와 관리 덕분에 외국인 탐방객이 많은 유일한 장소로 탈바꿈했다. 한림공원은 하루 동안 심신을 달래는 장소로 안성맞춤이다.

협재굴은 세계 3대 불가사의 동굴로 꼽히는 명소이다. 유고슬라비아의 해중동굴과 페루의 석염동굴과 더불어 용암동굴과 석회동굴의 특징을 한꺼번에 볼 수 있는 종합전시장이라고나 할까. 협재굴은 천장에 종유석이 많이 달려 있고 150미터 길이에 높이 십여 미터에 불과하다. 북서 계절풍에 의해 해변에서 날아와 동굴 위에 쌓인 조개가루가 오랫동안 빗물이 용해되어 석회수로 변한다. 석회수가 바위틈으로 스며들어 본래 새까만 용암동굴은 황금빛 종유동굴로 탈바꿈해가고 있는 살아있는 동굴이다. 2차 원적인 복합동굴이다. 벽면에는 석회분이 덮여 있어서 마치 거대한 벽화를 그려 놓은 듯 웅장한 모습으로 변화하고 있다.

쌍용굴은 길이 4백 미터 높이 3미터 폭이 6미터로서 살아 숨쉬는 자연의 신비를 볼 수 있다. S회장이 처음 매입할 때는 협재굴만 있었다. 질펀히 흐르는 두 갈래 물이 있어서 쌍용굴雙溶窟로 옛 문헌에조차 불려오던 것을 천장에서 두 마리의 龍을 찾아내었다. 용의 꼬리·용의 몸통·용의 척추와 비늘까지. 설명 판을 雙龍窟로 붙이고 관광객을 맞고 있다. 동굴 안에 황금산맥, 마른폭포, 용암선반, 곰바위, 살아 있는 돌은 형태도 뚜렷하게 보인다.

'살아있는 돌'에 대한 일화가 있다. 동굴 내에서의 작업 여건상 삽과 리어카등 원시적인 도구만 가능했다. 파낸 모래는 작은 산을 이루어질 만큼 많은 피와 땀을 흘려야 했다. S 회장은 작업이 끝난 뒷정리를 하고 아침에는 일꾼들이 오기 전에 현장을 직접 돌아보았다. 하루는 5톤가량의 커다란 바위가 천장에서 바닥으로 떨어져 있었다. 전날 저녁까지도 아무렇지 않았는데 작업 중에 떨어졌다면 인명피해가 났을 터인데 얼마나 다행한 일인가. 두 손 모아 감사기도를 올리며 어떤 어려움도 인내할 수 있는 계기가 되었다. 지금도 '살아 있는 돌'은 그 자리에 줄로 쳐져 보호받고 천정에서 떨어지는 석회수로 산호가 자라고 있다.

S회장이 공원사업을 벌이기전 십 년에 걸쳐 고향을 위해 바친

열정과 노력은 애향심과 개척정신이었다. 그의 지역 개발에 앞장
선 열정은 어느 누구도 못 따랐다. 목적을 세우고 고향에 희망의
땅을 개척했다. 불모의 황무지를 원하지도 않았는데 오현 학원
의 경영 어려움에 전 재산을 쏟아 맞바꾸어 사들였다. 한림공원
자리는 드문드문 소나무만 있을 뿐 바람코지, 모래밭, 돌빌레,
가시덤불로 이루어진 황무지였다.

그는 농막을 짓고 농장생활을 했다. 모래판에 기름진 옥토를
가꾸기 위해 거금을 주고 토심이 깊은 밭을 사들였다. 문전門前
옥토沃土를 만들려고 양질의 흙을 모래와 돌이 많은 공원자리로
옮겨왔다. 우공이산愚公移山의 개척정신으로 거친 돌무더기 밭에
수천 트럭의 흙을 운반하여 객토하였다. 화초와 나무 가꾸기를
좋아하던 그의 손에는 삽자루와 물 양동이가 떠날 날이 없었다.
조성사업의 시초였다.

그는 1970년 일본오사카 엑스포70 만국박람회에 참석하고
일본정원에 도취하였다. 비양도를 닮은 에노시마섬. 2차 대전 때
폐허가 된 오사카의 아름답게 복구된 모습을 보며 끝없는 몽상
의 나래를 펴고 구상하였다. 일본시찰을 마치고 돌아올 때는 선
물대신 각종 조경자료 책과 필름이 한 다발이었다니 가히 놀랄
만하다. 이해관계만 따져서 서귀포나 제주시에 투자했다면 엄청
난 수익을 올렸을 테지만 특별난 애향심이 한림을 발전시킨다는

무아몽중無我夢中 이었다.

한림공원의 주차장과 동굴사이가 멀었다. 진입로 조경을 잘해서 관광객이 즐기며 걸어갈 수 있게 한 발상이 특이하다. 오히려 먼 거리가 가까이 느껴질 정도였다. 먼 훗날을 위하여 제주석으로 조경했다. 그 사이에는 지역 자생식물인 손바닥선인장을 심었다. 몇 번의 실패 끝에 중앙에 워싱턴야자와 카나리안시스를 교차하여 이국의 맛을 느끼게 했다. 야자수와 선인장이 있는 도로에 눈이 소복이 쌓인 풍경은 이 지구상 어디에서 볼 수 있을까.

한사람의 열정이 제주도의 미래를 바꾸어 놓았다. 애향심이 없었다면 외국관광객이 방문했을 때 무엇을 보여 주었을까. 농업을 통한 3차 산업과 백년대계를 몸소 실천한 개척정신에 우러른다. 농사짓는 마음으로 농사화법을 인용하며 가꾸어 나간 기업정신에 또한 머리 숙인다.

'재암 장학회'를 운영하는 열정과 다시 찾고 싶은 공원으로 탈바꿈하고 있다.

화려한 튤립과 유채 물결의 봄, 연꽃이 만발하는 여름, 국화 향기 가득한 가을, 수선화와 매화가 합창하는 겨울, 언제나 꽃단장하는 한림공원은 사계절이 꽃 세상이다. 파란하늘에 흰 구름이 떠간다.

〈2017.5. 여행작가 게재〉

영세불망비

산을 뚫고 물 끌어와 논을 개척하고
많은 비용은 자신의 재산으로 감당하여
후세사람에게 유복하게 하였다.

삼춘덜! 요레 흥꼼 브레 봅서. 큰개 곤밥 먹어 봅디강. 지주에서는 논밧듸서 모내기 흥멍 곤쏠 농시 흥여낫덴 스리 들어봐수과. 난 예, 곤쏠은 아예 농시도 못 흔 줄 알아수게. 제오 밧긔더레 화물선이 뎅기난 맞바꿈으로 바꽈 온 줄 만 알안마씀. 화물선은 목포 바당이나 진도 바당쯤더레 뎅겨실거난, 브름 부는 대로 물찌 뜨랑 가실텝쥬.

경흥난 오널은 영세불망비가 지주에 세워진 스실을 삼춘네신더레 굿젠 햄수다. 집념과 열정을 가진 사름 이시민 역스는 발전허곡 시상은 바꽈지는 거 아니우꽈예. 백육십 년도 더 넘은 일인디 ᄆᆞ을 사름들이 공적을 치하허멍 뒤늦어사 세와십디다. 이제

완 브레 보난 누렁ᄒ게 벤ᄒ연 또 ᄒ나 비석이 중간쯤이 선조 비
석 욯뎅이더레 닮암직ᄒ니 ᄒ깁크게 세완 이십디다.

　나가예 굿굿이 굴아 안네는 건 ᄒ 둘에 ᄒ 번씩 홍사단 역ᄉ
문화 보존회에서 흔듸 돌아뎅기멍 알아수다. 한갑이 넘도록 지
주 땅의서 살아오멍 요조금인 막 ᄌ미나게 뎅기멘 마씀. 역ᄉ에
대허연 몰르는 것도 알아가곡 안 건 굿굿이 베왐수다. 경ᄒ멍 역
ᄉ 문화 바로알기 운동에 흔듸 뎅기는 거라마씀. 그디 회장은 아
적 아홉 시에 나사믄 제녁 다섯 시 넘도록 이끌멍 걸게 허여마씀.

　요번이는 지주에도 논밧 멩글어낫젠 ᄒ는 듸를 ᄋ라 밧듸 춫
아십쥬. 논밧 멩글젠 허문 기본이 무싱거우꽈. 물줄기와 관개 물
새가 이서야 됩쥬게. 경ᄒ디 지주에 내창은 숨굴이 되연 큰비왕
이틀쯤 되믄 물이 바싹 몰라 불지 않읍니까예. 화산이 폭발허멍
땅도 뜬 땅으로 되어 불어수게. 경ᄒ여도 천흑 땅이 ᄒ꼼 잇언
예. 질 좋은 곤쏠은 못ᄒ여도 물 가두었단 빼멍 ᄒ엿댄 마씀. 어
떵허연 고망소를 춫으곡 물줄기를 춫아신디 놀라수게.

　물대기가 가능헌 듸는 고산리 일부지역이영 화순, 강정, 정의
논깍, 하논이엔 ᄒ연 그듸를 춫아 가봐수게. 자급자족ᄒ 때난
보리 농시영 조코고리 농시 밖에 더 ᄒ여수과. 어떵 ᄒ당 감저나
싱그곡. 여름에 보리밥 먹어 봣지예. ᄒ꼼 살아진 지빅서만 흐
린 좁쏠 ᄒ꼼 섞으곡. 나도 두린 제 보리밥만도 먹어봐십쥬. 갈

갈허영 아적 먹은 보리밥은 징심도 되기 전이 배가 헉삭ᄒ게 꺼져 붑다. 경만 홉니까. 장에서 꼬로록 소리나당 벤소더래 가기 바쁘기도 ᄒ여나십쥬. 어멍이 보리쌀에 검은 흐린 조 ᄒ꼼 섞엉 밥 해 주민, 배가 든든ᄒ영 기분 조아마씀. ᄀ슬 들믄 흐린 조에 감저 깎앙 감저 범벅밥으로 살아수게.

곤밥은 멩질이나 식게 날이 되어사 ᄒ끔씩 갈라 먹어나수다 게. 경ᄒ디 큰개에는 곤쌀을 농시ᄒ연 밧 나록엔도 허는 지주 품종으로 갈아낫젠예. 분화구형 하는 지경에서는 요조금도 논농시 ᄒ염십다. 이젠 물코가 황당ᄒ여가곡 탕탕 흘르지 않으난 ᄒ쌀 오염되는 구석도 싯고예. 강정 정의 논깍물은 지금도 꽐꽐 흘럼십다. 그듸는 땅이 좋지 안앙 천흑이 아니라부난 물이 가두어지질 못ᄒ연 논밧도 못 멩글엄십다. 얼마나 물이 좋아시믄 산의서 ᄂ려오는 물이 시원ᄒ난 발 모게기 담금니까. 한 ᄋ름에 무허가로 궤기 숨안 먹어 난 자국도 이십다. 흘르는 물소리는 벤홈이 웃곡 보존지구에 장ᄉ ᄒ여난 상 광 천막만 나ᄃ니멘 마씀. 물소리 쫓안 들어 갓단 ᄏ클ᄒ 물을 만나수게. 아랫물의서 손 씻언 웃물을 두 손으로 떤 먹어 봐십주. 숨이 넘어 감직ᄒ 날이난산듸 무사 경 물 맛이 들코롬 홉니까.

물 대기가 심 들엉 토질이 좋지 아니허곡 글앙 몰라 마씀. 선조들은 논 밧만 멩글젠 얼마나 애 먹어신지 눈물나게 알아 지컵

디다. 어디는 과수원으로 바뀌어도 웃동산이는 저수지 둑 쌓은 채로 이제도 이십디다. 그 아랫질에는 세멘으로 되연 물을 가둔 흔적이 남아 잇언예. 몰레는 얼마 들어가지 않은 세멘이난 민짝 허연 앞으로 벡 헤도 더 감직 튼튼ᄒ게 보입디다. 경흔디 물코를 여닫는 쉐붙이가 벌겅ᄒ게 녹실어감성게 마씀. 너믜 애 먹언 못 전디난 보리도 그냥 갈곡 과수원을 멩글언 미깡도 싱거십디다. 근대문화유산으로 신청해도 될 마치예.

이제랑 영세불망비 글아 보쿠다. 뱅뱅 돌아 섬에 화물선이 뎅 기난 지주에서 멩근거나 특산물은 바깟더레 폴레 ᄀ저가는 상인 이 잇엇수다.

화순에 가믄 '도막은 소'가 잇인디 서울말로는 '보막은 소'랜 흡디다. '도막은 소'는 반은 천연이고 반착은 사름이 멩근 족은 저수지입주. 물은 우에서 알로 흘르난 거실러 흘르진 안흡주. 천 지연허곡 가차운 지경이라 절벽도 하곡 바윗덩어리도 큰큰 ᄒ연 내창 ᄌ꼿듸도 물 질을 멩글어사 흘거 아니우꽈. '황개창'에서 '배 리새' '구시목'ᄁ정 골새를 멩글젠 ᄒ난 얼마나 고생 ᄒ여시쿠과.

고향에 돌아오난 열 헤나 골새 뚤으멍 돌챙이 대접을 거나ᄒ게 ᄒ였젠 흡디다. 심든 일이난 놉 빌지 못흘 제랜예. 귀한 도새기 궤기영, 쉐궤기영, 득궤기영 각시신디 일 흔 후제 제녁이믄 술 대 접을 그차지지 안ᄒ게 시켜젠 마씀. 경ᄒ단보난 양태장시 ᄒ멍

번 돈 믄딱 골새 파는디 디물엇젠 홉다.

고망도 읎인 큰 바위를 어떵 물 흘르게 골새를 파시쿠과. 각 시신듸 독훈 고소리술 멩글렌 흐영 바위 우에 쏟앗젠예. 그 우에 바로 불 붙이는 방쉬흐믄 돌이 떠불라 홀 제 도막은 소에서 찬물 떠당 부어젠마씀. 요즘말로 팽창요법이엔 햄수게. 으라 번 흐여 감시믄 금이 가곡 고망 낫젠 홉다. 와. 화약도 읎인 시대 인 디. 얼마나 선조들이 지혜가 지펏수과. 실지로 도막은소 가는 질 반착쯤이엔 계단이 놔져십디다만 그 알로 골새가 보영게마씀.

아래 논밧듸 주연은 물세금만 내믄 물코 터주곡 곤쌀 농시 지 어가십주. 경흐난 높은 지대인 보막은 소에서 아래 절벽 뜨랑 '도 채비 빌레' '황개창' '구시목' 기정밧듸꺼정 홈도 햇지예. 어떵흔 일 인지사 곤쌀도 폴암주만은 흔 사름 흔 사름 줄어가부런예. 밧 주연이 족아져가난 어떵 홉니까. 김광종은 곤밥만 먹게흐믄 즈 식 대 너멍 부자로 살 줄 알아십주. 본디 곡심광 또나부러가난 알 동네 도채비 무을 사름덜 협조를 얻지 못 흐연 망해가는 거라 마씀. 알 밧듸꺼정 큰개 오만 팽 뱅뒤 논밧듸에 물 대게 햇주만 비싼 물세금이랜 흐연 경영이 안 되부런마씀. 부에나기도 흐곡 살지 못흐난 나라에 바쩌 부럿댄 홉다. 관공서 관리들만 이득 을 하영 냉긴 이권이 되엇젠 햄수게.

김광종의 즈식들은 어떵 해시쿠과. 한경이 고향이라신디 곤쌀

덕분에 이듸꼬장 완전 재산 다 날려부난 후손은 가난뱅이로 살앗젠합디다.

큰개 사름은 백육십 헤나 김광종의 은덕을 입언 경제적으로 큰큰흔 혜택을 누렷젠예. 시절이 거듭할수록 도막은 소의 대역ㅅ는 빛남수게. 1932년 ᄆ을 사름은 도채비 동산에 영세불망비를 건립ᄒ연 추모제를 해마다 ᄒ염젠 예. 그듸 안내판도 세워져 이성게마씀. 경흔디 도채비 동산이는 한 질에서 ᄇ레지 못 ᄒ난 춫기 애 먹곡 독ᄆ릅 아프게 힘들언 마씀.

그 읖이 ᄒ끔 큰 비석 세윗젼마씀. 전 제주시장이 사비로 세윗젠 햄수다.

영세불망비 내용을 베껴 보쿠다. "산을 뚫고 물 끌어 와 논을 개척하고 많은 비용은 자신의 재산으로 감당하여 후세사람에게 유복하게 하였다. 우리가 향기로운 쌀밥을 먹을 수 있는 것은 오직 김 공의 덕이다. 그 공덕이 한나라 태수 김信臣의 선정과 비길 만하므로 田祖로 모셔 해마다 기도를 올린다." 경ᄒ난 김광종의 골새 덕분에 큰개는 논밧듸 중심이 되연 잘 살곡 지주의 자랑입쥬. ᄆ칫쿠다. ◉

<제주어 수필 출품작 / 2021.11. 좋은수필 게재>

삼촌들! 여기 좀 보서요. 큰개 쌀밥 먹어봤나요. 제주에서는 논밭에 모내기하며 쌀농사 했다는 소리 들어보셨나요. 쌀농사 는 못 한 줄 알았지요. 겨우 화물선이 다녀서 물물교환해 왔다고 생각했어요. 화물선은 목포나 진도로 다녔을 것이니, 바람 부는 대로 물지 따라갔지요.

오늘은 영세불망비가 제주에 세워진 사실을 말하려 합니다. 집 념과 열정을 가진 사람이 있으면 역사는 발전하고 세상은 바뀐 다. 백육십 년도 넘은 일인데 마을 사람들이 공적을 치하하며 뒤 늦게 세웠다. 지금은 누렇게 변하여 또 하나 비석이 선조 비석 옆 에 조금 크게 세워 있다.

이 사실을 자세하게 말하는 이유는 한 달에 한 번씩 홍사단 역 사문화 보존회에서 함께 돌아다니며 알았다. 환갑이 넘도록 제 주에 살면서 요즘엔 재미나게 다니고 있다. 그곳에서는 역사에 대하여 모르는 것도 알아가고 알았던 것도 자세하게 배운다. 그 러면서 역사문화 바로 알기 운동에 함께 활동한다. 회장은 아침 아홉 시에 나오면 저녁 다섯 시 넘도록 인솔하며 걷는다.

이번에는 제주에서 논밭 만들었던 곳을 여러 군데 찾았다. 논밭 만들려고 하면 기본이 무엇인가요. 물줄기와 관개수로가 있어야 한다. 제주 냇가는 숨골이어서 큰비가 와 이틀이 되면 물이 없어진 다. 화산이 폭발하면서 땅도 뜬 땅으로 되었다. 진흙땅은 조금 남아 있을 뿐이다. 질 좋은 쌀은 못 만들어도 물 가두었다 빼면서 농사지었다. 어떻게 구멍 소와 물줄기를 찾았는지 놀랐다.

물 대기가 가능한 곳이 고산리 일부 지역과 화순, 강정, 정의논깍, 하논을 갔다. 자급자족할 때여서 보리농사와 조농사 밖에 더했을까. 어쩌다 고구마를 심었다. 여름에 보리밥 먹어 봤지요. 잘 사는 집에서만 흐린 좁쌀 조금 섞었다. 나도 어린 시절에 보리밥만도 먹어보았다. 아침 먹은 보리밥은 점심도 되기 전에 배가 홀쭉하게 꺼져버린다. 그러기만 했을까. 장에서 꼬로록 소리 나면 화장실에 가기 바빴다. 어머니가 보리쌀에 검은 좁쌀 조금 섞어 밥을 해주면, 배가 든든하여 기분이 좋았다. 가을이면 흐린 좁쌀에 고구마 깎아서 범벅 밥으로 살았다.

쌀밥은 명절이나 제삿날에 조금씩 나누어 먹었다. 큰개에는 벼농사를 지어 밭벼인 제주 품종도 있다. 하논 지구에는 지금도 논농사를 짓고 있다. 물이 부족하여 많이 흐르지 않으니 오염되고 있다. 강정 정의 논깍물은 물이 많이 흐른다. 그곳에는 땅이 좋지 않고 진흙도 아니어서 물을 가두지 못하니 논밭도 만들지 못한다. 얼마나 물이 좋았으면 산에서 내려오는 물에 발목을 담갔을까. 한여름에 고기 삶아 먹었던 흔적도 남았다. 흐르는 물은 변함이 없고 보존지구에 장사하였던 상과 천막만 뒹굴고 있다. 물소리 쫓아 들어갔더니 깨끗한 물을 만났다. 아랫물에서 손을 씻고 윗물을 두 손으로 떠 먹었다. 더운 날인데 왜 그리 물맛이 달콤합니까.

물 대기가 힘들어 토질도 좋지 않고 말로 다 할 수 없다. 조상들은 논밭만 만들려고 얼마나 애썼는지 눈물이 난다. 과수원으로 바뀌어도 윗동산에는 저수지 뚝 쌓은 채로 남아 있다. 아랫길에는 시멘트로 되어 물을 가두었던 흔적이 남았다. 모래는 얼마 들어가지 않은 시멘트이니 매끈하여서 앞으로 백 년도 더 갈듯 튼튼해 보였다. 물 코를 여닫는 쇠붙이가 벌겋게 녹슬어가고 있다. 물 대기에 실패하자 보리농사도 하고 과수원을 만들어 밀감나무도 심었다. 근대문화 유산으로 신청해도 되겠다.

이제는 영세불망비를 말하려 한다. 사면이 바다인 섬에 화물선이 다니자 제주에서 만든 것이나 특산물은 육지에 팔러 가져가는 상인이 있었다.

양태장수 김광종은 검은 양태와 하얀 양태를 제주에서 거두어 한양에 가져갔다. 하필 한양에서 국상이 나니 한 달간 하얀 양태를 쓰고 하얀 도포를 입어야 할 때였다. 김광종은 부르는 게 값일 정도로 양태를 구하지 못하자 가격이 많이 올라갔다. 왕창 돈을 벌고 돌아오는 길에 제주에 가면 도막은 소에 수로를 뚫으려 마음먹었다. 제주 사람도 농사지은 쌀밥 먹게 하려고 희망에 부풀었다.

화순에 가면 '도막은 소'가 있는데 표준어로 '보막은 소'라 한다. '보막은 소'는 반은 천연이고 반은 사람이 만든 작은 저수지이다. 물은 위에서 아래로 흐르니 거꾸로 흐르지 않는다. 천지연과 가까운 지역이라 절벽도 많고 바윗덩어리도 커서 냇가 곁에 수로를 만들어야 했다. 사람들은 '황개창'에서 '배리새' '구시목'까지 수로를 만들려고 얼마나 고생했을까.

　(김광종은) 고향에 돌아와 십 년 동안 수로 뚫으며 일군에게 대접을 융숭하게 하였다. 힘든 일이어서 인부를 마음대로 빌릴 수가 없었다. 귀한 돼지고기, 쇠고기, 닭고기를 부인한테 일하고 난 후 저녁이면 술대접을 끊이지 않게 시켰다. 그러다 보니 양태 장사하면서 벌었던 돈을 전부 수로 파는데 투자하고 말았다.

　구멍도 없는 큰 바위를 어떻게 수로를 팠을까. 부인한테 고소리 술을 만들라 하여 바위 위에 부었다. 그 위에 불을 붙이면 돌이 뜨거워질 때 보막은 소에서 찬물을 떠다가 쏟았다. 팽창요법이다. 여러 번 하면 금이 가고 구멍이 났다. 와. 화약도 없는데 말이다. 조상들의 지혜가 깊었다. '보막은 소' 가는 길 반쯤 걸으면 계단이 놓여있어 그 아래로 수로가 보였다.

　아래 논밭 주인은 물세만 내면 수로로 물을 대주고 논농사를 지었다. 높은 지대인 '보막은 소'에서 아래 절벽 따라 '도채비 빌레' '항개창' '구시목' 기정 밭까지 먼 거리인데 놀랍다. 어떤 일인지 쌀도 파는데 한 사람 한 사람 물세 내는 사람이 줄어들었다. 물세 내는 주인이 적어지면 어찌 될까. 김광종은 쌀밥만 먹게 하면 자식 대대로 부자로 살 줄 알았다. 본래 의도했던 일과 달라져 가니 아랫동네 도채비 마을 사람들 협조를 얻지 못해갔다. 아래 밭까지 큰개 오만 평 벌판 논밭에 물 대기를 했지만 비싸다는 핑계로 경영이 어려웠다. 화가 난 김광종은 생활에 어려움이 겹치자 나라에 기부해 버렸다. 관공서 관리만 이득을 많이 남긴 이권이 되었다.

김광종의 자식들은 어찌 되었을까. 한경이 고향인데 논농사 때문에 여기까지 와서 재산 전부 날려버리자 후손은 가난하게 살았다.

큰개 사람은 백 육십여 년이나 김광종의 은덕을 입어 경제적으로 커다란 혜택을 누렸다. 세월이 거듭할수록 '보막은 소'의 대 역사는 빛나고 있다. 1932년 마을 사람은 도채비 동산에 영세불망비를 건립하여 추모제를 해마다 한다. 그곳에는 안내판도 세워져 있다. 도채비 동산은 한길에서 볼 수 없어서 찾는데 힘들고 무릎 아프게 올라갔다.

그 옆에는 큰 비석이 세워져 있다. 전 제주시장이 개인 비용으로 세웠다. 영세불망비 내용을 옮겨 본다. "산을 뚫고 물 끌어와 논을 개척하고 많은 비용은 자신의 재산으로 감당하여 후세사람에게 유복하게 하였다. 우리가 향기로운 쌀밥을 먹을 수 있는 것은 오직 김공 덕분이다. 그 공덕이 한나라 태수 召信臣의 선정과 비길만하므로 田祖로 모셔 해마다 기도를 올린다." 김광종의 수로 덕분에 큰개는 논밭 중심이 되어 잘 살고 제주의 자랑이다.

<〈제주어 수필 출품작 / 2021.11. 좋은수필 게재〉>

일계지손 연계지익

칭찬 한 그릇에 연계지익으로
배가 부른 하루다.

    앨범을 뒤지다 유독 눈에 들어오는 사진이 있다. 제주문화원에서 발간되는 자료집에 제출하려고 고르는 중이었다. 40년 전의 사진인데 내 젊음의 표상이다. 한창 혈기왕성하게 활동하던 시절이 주마등처럼 스치며 초록빛을 띤 풋풋한 사과 같다.

    이때에는 꼭 초청 강사 강연이 있고 시상을 하며 다음 해 영업 활동 증가를 위한 격려의 장이 된다. 12월이 되면 전국의 사오백 명 직급자들이 일 년에 한 번 모여 2박 3일간 세미나를 열었다. 장소로는 제주도 신라호텔만큼 큰 장소가 드물었다.

    바라보는 사진은 강의 시작 전에 제주지부장 국장 6명과 이계진 아나운서와 로비에서 찍었다. 당시 이계진 아나운서의 목소리는 차분하여 남녀노소를 가리지 않고 좋아했다. 주말이어서 제주에 온 유명인으로 알고 기념촬영 했을 뿐이다.

강의가 시작되자 사회자는 이계진 아나운서를 단상으로 모신다. '와' 하는 함성과 함께 박수가 이어지고 쥐 죽은 듯이 경청하려는 분위기다. 적막을 깨고 흐르는 첫 번째 나긋한 단어는 참석자 모두를 심장이 쿵쿵하게 만들었다. 한 시간의 강의는 오 분 정도로 느낄 만큼 물 흐르듯 지나갔다.

지금도 잊히지 않는 대목이 있다. 이계진 아나운서가 책에서 읽은 내용과 살아오며 지표로 삶는 혼합된 언어는 '일계지손日計之損 연계지익年計之益'이었다. 하루하루 계산하면 손해인 듯해도 일 년을 통틀어 계산해 봤더니 이익이더라는 말로 풀이해 주었다. 아래 직원에게 손해 보지 않으려고 인색하다 보면 되던 일도 안 될 것이라는 뼈아픈 얘기였다. 그 후로 어려운 일이 있을 때마다 '일계지손 연계지익'이라고 외우고 다니며 나의 인생 지표로 삼아왔다.

우도에 문학 봉사를 시작할 때만 해도 내 돈을 들이는 순수한 봉사였다. 처음에 우도 사람들은 나를 모르니 색안경을 끼고 바라보았다. 아이들만 생각하고 찾아가는 문학놀이 공모전에 참여하여 선정되었다. 자비 부담금은 지인으로부터 후원받아 방과 후 수업을 실시하였다. 배고팠던 시절, 60년 전의 나를 회상하였다. 어린 학생들에게 문학의 꿈을 키워 주어 올바르게 나가게 하는 바람이었다.

이제 와서 결과는 대만족이다. 인성이 모자랐던 아이들이 변하기 시작하여 폭력근절에도 기여 하였다. 해마다 교외대회 출전하며 글쓰기를 강조하다 보니 몇 년을 연속하여 전국독도문예대전공모전에도 수상했다. 이제는 우도문단 6집까지 내게 되었다. 명실상부한 우도문학지로 거듭 태어났다. 후원자를 구하지 못해 포기했다면 독도 문예대전 수상작은 어림없는 일이다. 앞으로는 거듭되는 '연계지익'만 나타날 것이다.

원로 문인 일부는 책을 받아보고 학생들의 표현력이 많이 늘었다고 칭찬해 주었다. 칭찬 한 그릇에 연계지익으로 배가 부른 하루다.

〈2021.1.25. 뉴 제주일보 해연풍 게재〉